メディアワークス文庫

君と過ごした透明な時間

丸井とまと

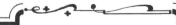

目　次

プロローグ

「聞いた？　二年の――」

「昨日の放課後でしょ？　救急車とか来て大騒ぎだったらしいよ」

「もしかして、自殺なのかな」

「事故って言われているらしいけど……でも原因はまだわからないんだって」

目眩《めまい》がするくらいの青い光が広がった空と、窓から吹き込む秋風。廊下の木の板に擦れる上履きの音も、教室の席の配置も、なにもかもが普段と変わらない。

――それなのに、彼だけがここにいない。

真実なんて誰も知らないまま、噂話《うわさばなし》が好奇心によって好き勝手に囁《ささや》かれていく。

彼は落ちる瞬間、なにを考えていたのだろう。耳の奥に残る重低音を思い出し、私はきつく目を閉じた。

「今もさ、意識不明なんだって」

透明になった日

　四月も半ばへとさしかかると、淡く色づいていた桜が散り、若葉が出始めた。私は昇降口の掃き掃除をしながら、地面に落ちた花びらを箒《ほうき》で集める。

「そろそろ終わろっか」

　掃除当番の三人に呼びかけると、それぞれが集めたものをちりとりに入れてゴミ箱に捨てた。

「あー……部活めんどい」

　下駄《げた》箱に置いてあった鞄《かばん》を取りに行くと、ひとりの女子が眉を顰《ひそ》めて憂鬱そうに不満を漏らす。

「朱莉《あかり》って部活入ってないんだっけ」

「私は帰宅部～」

「いいなぁ」

　笑顔を取り繕いながら、部活へ向かうクラスメイトを見送る。鞄を手に取って、帰ろうとしたときだった。

「あ！」

現代文のノートを教室に忘れてしまったことに気づき、ため息を漏らす。このまま帰ってしまいたいと一瞬思ったけれど、翌日には小テストがある。

二年生の教室がある階に戻り、閑散とした廊下を進んでいく。通過した教室はどこもドアが閉まっていたのに対して、私のクラスのドアは開いたままだった。

中から音がして立ち止まる。耳を澄ますと、聴こえてきたのは鼻歌だった。時折音を外しながらも楽しそうで綺麗《きれい》な音だ。一体誰が歌っているのだろう。

教室をそっと覗《のぞ》き込むと、窓際の席に座っている男子の姿。

目を閉じ、鼻歌を奏でながら心地よさそうに微笑《ほほえ》んでいる。その光景に私は驚いて硬直した。

——染谷《そめや》くん。

制服は着崩すことなくネクタイを上までしめていて、前髪が目にかかりそうなくらい長い。その隙間から見える瞳がいつも向き合っているのは、人ではなくて真っ白な紙と黒い鉛筆。いつもひとりで黙々と絵を描いている。

あの染谷くんがこんなに柔らかな表情をするなんて、普段の無愛想な彼からはとても想像がつかない。

唇からわずかに吐息が漏れて、少しだけ動いたつま先が床と擦れ合い高い音を出してしまった。

「え……！」

染谷くんは慌てて振り向いて、私の存在に気づくやいなや鼻歌をやめて恥ずかしそうに俯《うつむ》いた。

流れる沈黙に気まずさを感じながらも、勇気を出して声をかける。

「一年のときの合唱祭の課題曲だね」

『木漏《こも》れ日』。どのクラスも必ず歌った課題曲だ。

それを彼は鼻歌に乗せていた。楽しそうに、心地よさそうに、自由に。

「き、聴いてた？」

「聴こえちゃった」

「……下手くそだったでしょ」

「ううん。綺麗だなって思ったよ」

すると、彼は眉を下げて首を横に振る。

「そんなわけないよ。音外してたし」

「音程が正確かどうかよりも、楽しそうで聴き入っちゃった。染谷くんはこの曲好きなの？」

　きっと普段会話をすることがない相手だからかもしれない。ノートを持ってすぐに教室を出て帰ろうと思っていたのに、このまま帰るのは名残惜しく感じた。それに近寄りがたいと思っていた彼の別の一面を知って単純に興味が湧いた。

「合唱祭の伴奏、すごく綺麗だったから」

　染谷くんの言葉の意味がわからず、目を丸くして首を傾《かし》げると笑みを向けられる。

「中村《なかむら》さん、一年の頃に弾いてたよね」

「あ……うん」

「あの演奏を聴いて、この曲好きになったんだ」

「私は楽譜見ながらただ弾いただけだよ」

　去年まで習っていたから弾けただけで、今やもうピアノに触れることすらない。元々特別上手《うま》いわけでもなかった。私よりも上手く弾いていた人なんてたくさんいる。

　──結局こういうのは才能なのよ。

　才能がないという突きつけられた現実に、やり場のない寂寥《せきりょう》感に苛《さいな》まれ、でもやっぱりそうかと納得して諦めてしまった自分が情けなかった。

　中途半端に放り出すように手放して、今はなにも残っていない。

「全クラスの課題曲だったけど、弾く人によって同じ曲でも印象が違ったよね」

「そうだね。表現力とか個性によって差は出ると思う」

「中村さんのピアノが一番綺麗だったな」

私の音をそう言ってもらえたことに嬉《うれ》しさとくすぐったさを感じて、心が宙に浮かぶような気持ちになる。

「俺、憧れて音楽室のピアノで練習してみたけど全然ダメだった。難しいね」

そんな顔をして笑うのかと、見惚《みほ》れてしまう。目を細めると涙袋ができて、つり上げられた唇の間からは八重歯がちらりと見える。無邪気さを感じる可愛《かわい》らしい笑顔だった。放課後の彼は、表情や醸し出す雰囲気がいつもと違っている。

「今年の合唱祭も楽しみにしてる」

「えっと、今年は……」

弾くかどうかは、まだ決まっていない。同じクラスに弾ける人がいるのなら、私は弾かないつもりだった。

「俺、中村さんのピアノが好きなんだ」

鼻の奥が痛み、視界が滲《にじ》んでいく。弾くことを諦めてしまった指先を握りしめた。

きっと私は誰かにその言葉をずっともらいたかったのだと思う。絶賛されるような才能を求めていたわけではなく、ただ私のピアノを好きだと言ってもらいたかったのだ。

「染谷くん」

「ん？」

「……ありがとう」

彼にとっての何気ない一言が、私の心の奥で冷たく硬い石のように残っていた感情をほんの少し溶かしてくれた。今すぐにピアノに触れる勇気はまだでないけれど、いずれまた弾きたいと思える日が来るだろうか。

ふと机の上を見ると、オレンジのクロッキー帳と深緑の鉛筆が置かれている。もしかしたら放課後もここで絵を描いているのかもしれない。

「染谷くんは、よく絵を描いてるよね」

「うん。描くのが好きなんだ」

短くなった鉛筆を見れば、彼が使い込んでいるのがよくわかる。

「ね、どんなの描いてるの？」

「え……風景が多いかな」

見たい！　と期待する眼差《まなざ》しを向けていることが伝わったのか、染谷くんがおずおずといった様子でクロッキー帳を開く。

「なんの変哲もない日常の絵だよ」

見せてくれたのは、教室や窓から見た校庭、廊下などの絵だった。放課後を描いているのか人の姿はない。

「す、すご過ぎない？」

「そんなことないよ。目の前の風景を見ながら描いてるから」

「私絶対こんな風に描けないよ！　だって写真みたい！」

奥行きがあって、教室の細かいところまで描かれている。

消し残った黒板のチョークの跡、机の横にかけられた袋や、僅かに斜めになって壁に貼られている掲示物。窓から差し込む光の加減は、まるでモノクロの写真でも見ているように自然な描き込みだった。

「他のページも見ていい？」

「うん、いいよ」

紙を捲《めく》っていくと、他の絵とは異なるページを見つけて手を止める。

「これってラムネ瓶？」

「あ……うん。でもそれ、上手く描けなくてボツのやつ」

「え、ボツ？　こんなに上手なのに？」

鉛筆で描かれていてもガラスの質感とその色さえ感じさせるラムネ瓶の絵は、とてもボツになった作品には見えない。

「本当はこれをキャンバスに描いてコンクールに出そうと思ってたんだけど、でも納得のいくものにならなくて」

指先で絵をなぞりながら、染谷くんが苦笑した。

「私はこの絵、好きだなぁ」

素人の私には、染谷くんにとってどこがボツになる要因なのかはわからない。それでもこの絵に惹《ひ》きつけられるのは確かだった。

「……ありがとう」

戸惑ったような、けれど少し照れているような表情を浮かべている。まるでさっきの逆みたいで、口元が緩む。

「この絵を完成させることができたら、一番に中村さんに見せてもいい？」

「私が一番に見ていいの？」

「中村さんがこの絵を好きって言ってくれなかったら、きっとボツにしたまま描こうと思い直すこともなかったはずだから」

目が合うと、染谷くんが穏やかに微笑んだ。

その瞬間、熱を帯びた感情が全身を駆け抜ける。まるで今まで血が通っていなかったかのようにドクドクと流れて、伝って、溢《あふ》れてしまいそうだった。

「っ、見たい！」

食いつくような勢いで返事をしてしまって、染谷くんが目を瞬《しばた》かせる。我に返って恥ずかしくて堪《たま》らなくなったけれど、それよりももっと彼のことを知りたい。

「じゃあ、約束」

――あれ？

〝約束〟って私も返したいのに、言葉が上手く出てこない。

だんだんと染谷くんの姿が遠くなっていく。思わず手を伸ばしたけれど、届くことなく、ぼやけて消えていった。

「待っ！」

視界が一気に切り替わり、見慣れた天井が飛び込んできた。

「ゆ、夢？　いやでもあれって、四月の……って、わー！　染谷くん出てきた！」

夢の中に染谷くんが出てきた喜びと気恥ずかしさに、枕に顔を押し当てて足をバタつかせる。

どうやら今年の春に実際に起こった出来事を夢で見ていたらしい。あの日のことを夢として思い出すほど、私の頭の中は未《いま》だに彼のことでいっぱいのようだ。

「あの絵、どうなったんだろう」

染谷くんが完成したら一番に見せてくれると言ってくれたラムネ瓶の絵は、キャンバスに描かれることはなかったのだろうか。

聞いたら困らせるだけかもしれない。そもそも覚えているのは私だけという可能性だってある。

ふと枕元の携帯電話を確認して顔を引きつらせる。普段であれば家を出ている時間だった。

「うそでしょっ！　やばい！」

雪崩《なだ》れ落ちるようにベッドから床に転がって、慌てて制服に着替えた。

勢いよく階段を駆け下りて、そのまま洗面所へ向かって顔を洗い、歯を磨きながら寝癖のチェックをする。そんな私の様子を見に来たお母さんが鏡越しに苦笑した。

「何度も起こしたのよ」

「もっと強引に起こしてよー！」

「そんなこと言って、いつも起こしたってなかなか起きないじゃない」

　夜更かししてしまうと、お母さんの声かけくらいでは私はなかなか目覚めない。普段なら妹が布団を剝いで、大声で起こしてくれるというのに今朝はそれがなかったようだ。

「燈架《とうか》は？」

「朝練。急いでたみたいだから、起こしに行かなかったのね」

「も〜！　起こしてほしかったー！」

「妹に頼らずに、自分で起きなさい。ほら急ぎなさいよ！」

　お母さんに呆《あき》れられながらも、メイクを適当に済ませてパンも食べずに家を出る。

　無我夢中で走り、予鈴にはなんとか間に合った。けれど、体力は削られて朝からどっと疲れてしまう。

　授業が始まると私のお腹《なか》の虫が自己主張をし始める。

　席が近い人たちには聞こえてしまったらしく、笑われてしまった。恥ずかしくて必死に空腹に耐える。お腹にばかり意識がいってしまい、授業にはまったく集中できない。どうか染谷くんのところまでは届きませんようにと願った。

　やっとお昼の時間になり、急いで購買まで行き手に入れたパンを三つほど平らげる。

　空腹過ぎて頭がおかしくなってしまうかと思った。やっぱり朝ごはんは大事だ。コロッケパンに、クリームパン。締めは大好物のシナモンロール。これでなんとか午後もやっていけそうだ。

「ね～、朱莉さぁ……食べ過ぎじゃない？」

「さすがに三つもパン食べられないわ。よく気持ち悪くならないね」

空っぽになったパンの袋を見た花音《かのん》と宇野《うの》ちゃんに呆れられてしまった。

「朝ごはん食べてなかったんだよー！　それにさ、購買のパンすっごく美味《おい》しいじゃん？　特にシナモンロールが最高なの！」

「それでも食べ過ぎっしょ」

宇野ちゃんはパックの野菜ジュースを飲みながら、最近染めたばかりのイエローブラウンの巻き髪を指先でくるくるとさせる。

「むしろ宇野ちゃんは食べなさ過ぎ！　シナモンロール今度食べてみなよ～！　美味しいよ」

「いやぁ、それ砂糖衣めっちゃついてるじゃん。甘そうで無理」

「甘いけど、くどくないよ！　特にシナモンロールは絶品でね」

シナモンロールの美味しさはもう何度も伝えているから、ふたりは聞き飽きてしまったらしくて適当に「はいはい」とあしらわれてしまった。

「そういえばさー、こないだ元彼から連絡が来たんだよね」

「えー！　それって理紗《りさ》が二ヶ月くらい付き合ってた大学生～？」

宇野ちゃんの元彼話に、花音が前のめりになってボブの髪を揺らす。恋愛話が好物の花音の目の色が、私のパンの話を聞いているときよりも明らかに輝いている。

「うん。やっぱお前がいいとか言ってきて、ありえなくない？」

「都合よ過ぎー！　だいたいより戻したって上手くいかないって！　ね、朱莉」

花音に話を振られたものの、私は返答に困ってしまう。

「私、彼氏できたことないから付き合うとかはよくわかんないけど、宇野ちゃんの元彼ってドタキャン多かったよね」

「そうそう！　いっつも理紗、振り回されてたじゃん！」

ドタキャンされたときの宇野ちゃんはすごく寂しそうだったのを覚えている。

両想《りょうおも》いなんて私には奇跡のように思えるけれど、現実には付き合ってからも大変なことがたくさんあるのだろう。

「そうなんだよね。しかもさー、お互いもっと大人になろうとか、なんで上から目線なのかなって」

宇野ちゃんは机に頬杖《ほおづえ》をついてため息を漏らす。連絡を返すことすら今では億劫《おっくう》らしく、机に置いていた携帯電話を宇野ちゃんがひっくり返した。

「理紗とその人は結局合わないんじゃないのかなぁ」

「まあ……そうなんだろうね」

「もっといい人いるって！」

花音が宇野ちゃんを宥《なだ》めるような口調で言うと、「次の恋見つけよ」と励ました。

「だね。次こそいい人見つける！」

意気込んでいる宇野ちゃんと隣で微笑んでいる花音を眺めながら、頭の中に疑問符が浮かび上がる。

気持ちって、どうやって切り替えるのだろう。報われなさそうな私の恋は頑張り方も、諦め方もどちらもわからず、同じ場所を右往左往している。

宇野ちゃんが空っぽになった野菜ジュースのパックを畳みながら、こちらに視線を向けてくる。

「で、朱莉はどうなの？」

「え？」

「気になる人とかさ、いないの？」

「私は……」

まさか自分に話が振られると思わなくて、狼狽《うろた》えてしまう。片想いのことを、ふたりに相談できずにいた。

ちらりと窓際に視線を向ける。今日も彼はひとり黙々とクロッキー帳に向かって絵を描いていた。

その横顔に胸が高鳴る。真剣な表情も、時折優しげな眼差しになるところも、私の視線を奪っていく。

「朱莉さ、好きな人とかいて協力してほしかったらいつでも言ってね」

宇野ちゃんがちらりと彼がいる窓際を見た気がしてどきりとした。けれど私たちの会話の中で、染谷くんの名前が出てきたことは一度もないから、私が意識し過ぎているだけかもしれない。

誰にも気づかれることがないくらい、私と彼には接点がない。ただのクラスメイトで、染谷くんにとってそれ以上でもそれ以下でもない。けれど、諦めることができずにいる。

私に好きな人がいると思っているのか、もしもの話をしているのはわからないけれど、出かかった言葉を閉じ込めて笑みを返す。

「うん。ありがとう」

いつかはふたりにも私の好きな人のことを打ち明けたい。けれど、知られてしまったあとのことを考えるとどうしても恥ずかしいという気持ちが勝ってしまう。だけどただ想っているだけではなにも変わらない。

いつ頃席替えがあるのかと気になってしまう。できれば、もっと近くの席になりたい。そうしたら話しかけるきっかけができるかもしれない。

けれど、染谷くんと私では違い過ぎる。

何回も折った制服のスカートに、だらしなく緩めたネクタイ。ワイシャツだって第二ボタンまで開けていて、髪の毛も茶色に染めて毛先が少し痛んでしまっている。なにもかもが中途半端で、興味を持ってもなかなか継続できない。描いた夢を途中で放り出して、適当なものに埋もれながら過ごしていた。いつか自分に合った夢中になれることに出会える。そんな希望を抱きながら、続ける努力をしなかった。

こんな私と、夢中になれるものを持った彼。共通の話題なんてほとんどない。きっと私は彼の視界に入れないだろう。

「そういえば五組の子が言ってたけど、英語の小テスト今日返ってくるらしいよ。しかも、再テストの人もいるんだって。花音やばいんじゃない？」

「えー、やだなぁ。私、英語は本当無理なんだけど～」

英語が苦手の花音がぐったりと机に伏せた。英語が得意な宇野ちゃんは余裕そうに笑っている。

「朱莉は大丈夫なんじゃない？」

「んー、いい点数ではないだろうけど、普通くらいじゃないかな」

英語は得意でも不得意でもなく、常に平均点くらいだ。「羨まし過ぎ！」と顔を上げて不服そうに言ってきた花音の頭を軽く撫《な》でる。

「とりあえず午後を待とう、花音。今更点数変わらないし」

「朱莉、地味にひどい」

宇野ちゃんと花音と喋《しゃべ》っていると、携帯電話がスカートのポケットの中で震えた。画面を確認すると新着メッセージのマークが浮かんでいる。

メッセージの送り主は体育祭の応援団で一緒だったひとつ上の先輩。急な放課後の呼び出しの内容にある予感が胸をよぎった。

勘違いかもしれないとは何度か思っていたけれど、なんとなく特別視されている気はしていたのだ。そのため先輩に呼び出されたことよりも、今日その日を迎えてしまうのかということに驚いた。それに案外時間が経《た》ってからの呼び出しなので、もう私のことなんて気にしていないかと思っていた。

紙パックに入ったレモンティーをストローで吸い上げながら、液晶画面に羅列された文字をぼんやりと眺める。

『話がある。放課後、校舎裏の桜の木があるところに来て』

校舎、裏？　と首を捻《ひね》る。体育館へ続く渡り廊下から校舎の隣に桜の木が見えるので、おそらくあの場所のことだろう。

「なになに、朱莉。なんかあった？」

「え、なんで？」

「呼び出しでもされた？」

にやにやとしている宇野ちゃんは明らかになにか知っている様子だ。こんなピンポイントに〝呼び出し〟なんて言葉が出てくるのはおかしい。

「呼び出しって……もしかしてついに⁉」

なぜか花音まで浮かれ出す。ふたりは私が誰に呼び出されたのかわかっているみたいだ。

「ちょ、ちょっと待って！　なんでふたりとも知っているの？」

「だって、先輩見てればわかるし」

「そうそう。もう朱莉狙っていますアピールすごかったよね！」

自分でも可愛がってもらっているのは感じていたけれど、周囲にも伝わっていたようだった。けれど、私が聞きたいのはどうして呼び出しの相手が先輩だということがわかったのかだ。

「もしかして、先輩からなにか聞いてた？」

「んーまぁ、近いうちにってちょっと聞いたくらいだけどね」

宇野ちゃんは言葉を濁していたけれど、呼び出しの理由は私の予想通りのことなのだろう。告白されるとわかっていて、待合せ場所に行くのは緊張する。

「早瀬《はやせ》先輩ってさ、かっこいいよね～！　結構人気あるらしいよ」

花音の言う通り早瀬先輩は人気がある。私たち二年生からだけではなく、同学年の人からも度々告白をされているらしい。運動神経もよくて見た目も華やかで面倒見もいい人なので、私も素敵な先輩だなと思っていた。

「どうすんの～！　朱莉！」

「えっと……」

窓際の方向に視線を向けると、彼は相変わらず鉛筆を握って絵を描いている。私の方なんて一切見ることはない。けれど、それでも私は自然と彼のことばかりを目で追ってしまう。もう答えが出ているようなものだ。

「先輩のことはいい人だと思うけど、好きとかではないかな」

「まあ、両想いじゃないなら仕方ないよね」

宇野ちゃんが頬杖をついて苦笑する。

「私は付き合ってみて、好きになるっているのもアリだとは思うけどなぁ」

「花音はそれでいつも失敗してんじゃん」

「失敗じゃなくて、単に性格が合わなかっただけですー」

恋の仕方に決まりなんてなくて、花音のような恋のはじめ方も決してダメではないのだと思う。私みたいに一歩すら踏み出せずにいる恋は、いつまでも日陰でひっそりとしているだけだ。

近づきたい。話したい。話題を必死に探すけれど、まったく思い浮かばない。

「ちょっと飲み物買ってくるね」

彼が席を立ったタイミングで私も廊下に出てみる。でも声をかけることができないまま、遠くなる背中を見つめるだけだった。

＊＊＊

放課後、教室掃除当番を終えると、先輩との待合せの時間が迫ってきていた。

「朱莉〜、がんば！」

なぜかガッツポーズをしている花音に、宇野ちゃんが「朱莉が告るんじゃないんだから、がんばらないでしょ」と呆れてツッコミを入れた。

「まあ、あまり気負わずにね」

宇野ちゃんに軽く肩を叩《たた》かれて、少し体の力が抜けていく。きっと私よりも伝える側の先輩の方が緊張しているはずだ。私も精一杯の気持ちで応えなくちゃいけない。

「ありがと！　じゃあ、また明日ね」

花音と宇野ちゃんと別れて一階まで下りると、人がまばらな廊下を前進していく。

廊下を突き抜けた先にあるガラス製のドアを開けると、秋の到来を感じさせる温度の低い風が、私のつま先から頭のてっぺんまでを包むようにすり抜けていった。

九月下旬ともなると、少し前までの蒸し暑さが嘘《うそ》のように消えている。体育館まで繋《つな》がっているむき出しの渡り廊下には、小枝や乾いた葉が散らばっていた。

校庭からはホイッスルの音が聞こえてくる。視線を向けると、陸上部やサッカー部らしき生徒たちが、急いで準備運動をしている輪の中に入っていくのが目にとまった。おそらく掃除を終わらせてきた生徒たちだろう。掃除当番が終わらないと部活動へは行けないため、運動部は我先にと素早く掃除を終わらせる人が多い。

ピアノに専念しようと思って部活には入らなかったけれど、結局ピアノも昨年末に辞めてしまったため、今の私にはなにも残っていない。

二年生になってはじめて参加した体育祭の応援団は楽しかったけれど、それももう終わってしまった。

こうして自由な時間があるのだから、なにか趣味が欲しいけれど思いつかない。ただなんとなく毎日を過ごしているだけだ。

渡り廊下から逸《そ》れて、コンクリートの上へと上履きのまま足を踏み入れる。

昨夜は雨が降っていたからか、少し独特な匂いが立ち昇って顔を顰《しか》めた。

上履きでコンクリートの上を歩くのは、ちょっとだけ気が引ける。靴を履き替えて大回りしてくればよかったかもしれない。

九月の桜の木は黄緑色の葉を纏《まと》っている。秋風に揺らされて重なり合っている木の葉の音に耳を澄ましながら、桜の木に体を預けた。

優しい音色に心地よい温度の風。ゆったりとした放課後のひとときに浸っていると、瞼《まぶた》が少し重たくなる。

少しして私の微睡《まどろ》みを掻《か》き消《け》したのは、聞き覚えのある声だった。

「悪い、遅れた！」

駆け寄ってきた早瀬先輩はポケットから携帯電話を取り出して、時刻を確認すると金色に近い髪をがしがしと掻いた。

一瞬だけ見えた携帯電話のディスプレイに記された時刻は、待ち合わせ時間から十分くらい過ぎていた。緊張しながらここまで来たけれど、待っていた時間は苦ではなかった。むしろこの陽気が心地よかった。

「だいぶ待たせたよな？」

「いえ、大丈夫です」

目の前に立つ早瀬先輩の表情が真剣なものへと変わっていく。

「あのさ、中村」

「……はい」

「もう薄々勘付いていると思うけど、俺と付き合わない？」

多分、この人と付き合ったら羨ましがられる。嫉妬もされるかもしれない。そのくらい人望がある。けれど、私の心音は一定の速度で全く乱されない。

恋愛への憧れも、現実を前にすると泡のように消えていき、初めての告白だというのに私は冷静だった。

「体育祭の応援団とかでもさ、一緒にいて楽しかったし、趣味も合うだろ」

疑問が心の中に浮かび上がる。私の趣味ってなんだろう。ギターやカメラなど、いろいろなことに興味を持ったけれど、続けられているものなんてない。好きだったピアノも逃げるように辞めてしまった。

先輩はどれを趣味と認識しているのだろう。

「先輩、私」

「俺ら付き合ったら、上手くいきそうだなって思うんだけど」

言葉が遮られて、更に心が冷えていく。この感情の理由なんてわかっている。

好きと言われていない告白は、あっさりとしていて想いがあまり伝わってこない。

本当は私じゃなくてもいいのではないかと思ってしまいそうなほど、早瀬先輩は淡々としている。

告白ってこういうものなのだろうか。照れたり、緊張したりするものだと思っていた私が夢見がちだったのかもしれない。

「どう？」

少し冷えた指先を手の内側にぎゅっと握った。

「早瀬先輩」

ほんの少し、喉が痛い。緩やかに吹く風が私の髪を一束攫《さら》い、視界を遮ろうとしてくる。手で髪の毛を押さえて、目の前の先輩を見上げると自信たっぷりな表情で微笑んでいた。

「私、先輩とは付き合えません。ごめんなさい」

先輩の表情が変わるのが怖くて、咄嗟《とっさ》に頭を下げる。

告白を断るのは初めてで、緊張から心臓の鼓動が僅かに乱れた。告白されてドキドキするわけではなくて、断ってドキドキするなんて変な感じだ。

「なんで？」

上の方からぽつりと言葉が降ってきた。頭を上げると、訝《いぶか》しげな表情をしている早瀬先輩と目が合う。

「え、なんでって」

「いや、なんでダメなのかなって」

返ってきた言葉があまりに予想外で握っていた手のひらから力が抜けていく。告白を断った理由を聞かれるとは思わなかった。

「仲よかったじゃん、俺ら」

「応援団が一緒だったので、話す機会が多かったですし……」

「中村って、俺のこと好きなのかなって思ってたんだけど。勘違い？」

「それは……え！」

突然腕を摑《つか》まれて、至近距離で真剣な表情を向けられた。わけがわからなくなって、全身が石みたいに固まっていく。告白を断って、理由を聞かれて、力強く腕を摑まれている。頭が混乱して、返答するべき言葉が思い浮かばない。

「もしかして俺のことからかってた？」

「っ、そんなことしていません！」

早瀬先輩との距離の近さと腕から伝わってくる他人の体温に、嫌悪感が全身を駆け巡る。

「先輩。離してください！」

「思わせぶりなこと結構してたじゃん」

「ちょ、早瀬先輩！」

慌てて先輩の手を引き剝がそうと試みるけれど、力が強くて上手くいかない。

「こういうのやめてください！」

不快感を露《あら》わにしている早瀬先輩の眼差しに体が震える。思わせぶりなことが、具体的にどれを指しているのかわからない。

早瀬先輩はかっこよくて人気がある。きっと今までだって何人もの女の子に告白をされてきたのだろう。

それでも女の子がみな早瀬先輩のことを好きになるわけじゃない。

私の好きな人は別に――

そのときだった。なにかがぶつかったような大きな音がした。

視線だけを音がした方へと向けると、すぐ傍《そば》にある非常階段の二階に人が倒れているのが目にとまる。

「なんだ、今の音」

ここからは顔がよく見えないけれど、柵の間からだらりと手首が垂れているのが見えた。全身が粟立《あわだ》ち、血の気が引いていく。

「まさか、人が……落ちた？」

早瀬先輩も呆然《ぼうぜん》と非常階段の方を見つめている。腕を掴む力が緩んでいたため、その隙に引き剝がして走り出す。

「ちょ、中村!?」

校舎の中とは違って、鉄骨階段を急いで上っていく音が場違いなくらい軽やかに響く。

人が倒れている二階まで着くと、片方だけ転がっているローファーを辿《たど》って、倒れている人物の顔を確認する。

「え……」

目を閉じたまま動かない黒髪の男子。すぐ傍にはオレンジのクロッキー帳と深緑の鉛筆。

「そめ……やくん……？」

震えた声は自分のものだった。心臓の鼓動が嫌なくらい加速して、呼吸が浅くなっていく。冷や汗が背筋に滲《し》み、冷たい空気が鼻から肺に流れ込んでくる。

彼の手に触れると温かくて、きちんと人の感触がして、これが現実なのだと突きつけられた。

「っ、染谷くん！　染谷くん！」

名前を呼んでも全く応答がない。

目の前で倒れている男の子は、間違いなく私のクラスメイトで、私の好きな人だった。立ち上がって、未だに先ほどの場所で立ち尽くしている早瀬先輩に声をかける。

「染谷くんのこと見ていてください！　もしかしたら目を覚ますかもしれない」

我に返った様子の早瀬先輩の目と視線が重なった。

「私は先生たち呼んできます！　だから、お願いします！」

早く行かなければと焦る気持ちを抑えつつ、早瀬先輩に染谷くんのことを頼み駆け出そうとした。すると、「待て」と体育祭の応援団の頃を思い返すような早瀬先輩のはっきりとした響く声が聞こえて動きを止める。

「俺が行ってくる」

「でも」

「俺の方が足速いから。中村はそこにいろ！」

私の返答を聞かずに早瀬先輩が走っていったのを確認して、その場にへたり込む。

もう一度名前を呼んでみる。

「染谷くん」

けれど、返事はなかった。息をしているはずなのに目を開けてくれない。まるで眠っているかのようだった。

少ししてたくさんの足音が聞こえてくる。

「大丈夫⁉　立てる？」

「貴方《あなた》は怪我《けが》ないの⁉」

話しかけてきているのは、おそらく先生たちだ。

涙が止まらなくて、体に力が入らない私は振り向く気力すらなかった。こうしている間も染谷くんは微動だにしない。

「倒れている子は誰？　状況説明できる？」

いろいろ聞かれているのに言葉が出ない。喉が乾き、刺すような痛みを感じる。なにから話せばいいのだろう。けれど、私はどうして階段から落ちたのかまではわからない。

「倒れているのは、うちのクラスの染谷です」

担任の豊丘《とみおか》先生の声が聞こえてくる。いつも気だるげに話しているけれど、今は声が硬かった。

「中村、立てるか？」

座り込んでいる私の肩に、豊丘先生の骨ばった手が躊躇《ためら》いがちに乗せられる。

「状況は早瀬から聞いた」

「せ、んせい」

やっとの思いで出した声は弱々しいくらい掠《かす》れていた。

「染谷くんが……っ」

涙が溢れて目の前がよく見えない。倒れている染谷くんの姿が滲んで、消えていってしまう。

夢であってほしい。そんなことを思いながら、染谷くんへと伸ばそうとする手を誰かに摑まれた。視線を向けると豊丘先生が険しい表情で、けれど宥めるような声をかけてくる。

「中村、あとは大人に任せてお前は一旦保健室で休んでおけ」

先生、染谷くんは助かるよね？　すぐに目を覚ますよね？　気を失っているだけだよね？　聞きたいこと、言いたいことはたくさんあったけれど、どれも喉元につっかえてむせび泣くことしかできなかった。

近くにいた女の先生に支えられながらゆっくりと非常階段を下っていくと、早瀬先輩が近寄ってくる。

「さっきは悪かった」

それだけ言って先輩は去っていった。

＊＊＊

「よかったらどうぞ」

保健室のパイプ椅子に座らされて、目の前のテーブルに緑茶のペットボトルが置かれた。

「……ありがとうございます」

手に持ったオレンジのクロッキー帳と深緑の鉛筆を隣のパイプ椅子の上に置く。勢いで持ってきてしまったため、あとで染谷くんに返さないといけない。けれど、その〝あとで〟はいつ来るのだろう。

冷たいペットボトルの蓋を捻り、口元へ持っていく。緑茶が乾ききった口内を潤してくれた。

「落ち着いた？」

養護教諭の水野《みずの》先生が心配そうな表情で私を見つめている。取り乱してしまった自分を思い返して、顔を隠すように俯いた。

「先生……染谷くん、頭強く打ったのかな」

「まだわからないわ。救急車を呼んでいるから、すぐに病院に運んでもらえるはずよ」

　階段から落ちて倒れていた染谷くんからは血が出ていないように見えた。けれど、意識がないということは頭を強く打った可能性が高い。それにもうひとつ気がかりなことがある。

「手、大丈夫ですよね」

「手？　どういうこと？」

「染谷くん、絵を描いているから……手を怪我していないか心配で」

　微動だにしなかった染谷くんの手を思い返して怖くなり、きつく目を瞑《つぶ》る。絵を描くための大事な手に怪我を負っていないかも不安だ。

「まだなんとも言えないわね。けれど、目覚めたらすぐに連絡が来るはずだから、今は待ちましょう」

「……はい」

「それと、中村さんも今日はゆっくり休んだほうがいいわ」

　私がここにいてもできることはなにもない。今できることはおとなしく家に帰ることだけだ。

「そうそう、これ中村さんの鞄よね？」

「あ、私のです。ありがとうございます」

染谷くんのことで頭がいっぱいで、先ほどの場所に鞄を置いたままだったのを忘れてしまっていた。誰かが持ってきてくれたようだ。

「お茶、ありがとうございます。私、そろそろ帰ります」

「立てる？」

「はい」

机に手をついてゆっくりと立ち上がる。そのタイミングで保健室のドアが慌ただしく開かれた。

「朱莉！」

非常階段であまりにも私が泣きじゃくっていたからか、先生が親に連絡をしてくれたらしい。家から学校は近いので慌てて来てくれたのだろう。少し息の上がったお母さんが私の下に駆け寄ってきて、肩を摑みながら顔を覗き込んでくる。

「大丈夫？」

「私は、大丈夫」

「……そう」

お母さんがどこまで聞いているのかは知らないけれど、一瞬表情を曇らせたあとに優しく微笑みかけくる。

「車で来たから、一緒に帰りましょう」

頷《うなず》くとお母さんは安心した様子で、私の肩を抱いてドアの方へと促す。

「先生、ありがとうございました」

「こちらこそ、お越しいただきありがとうございました。ゆっくり休ませてあげてください」

水野先生に見送られ、保健室を後にする。放課後の学校は昼間よりも人が少ないけれど、すれ違った何人かの生徒が「救急車」という単語を言っていたので、染谷くんの件は伝わってしまっているみたいだ。

「じゃあ、お母さんの靴こっちだから。靴履き替えたら、駐車場まで来てね」

「うん、わかった」

生徒の靴がある場所とお母さんが靴を置いている場所が違うため、一旦別れて昇降口へ向かう。

靴を履き替えようとしていると、走ってきた誰かと勢いよくぶつかってよろける。

「す、すみません！」

長い黒髪を少し乱した小柄な女子生徒が頭を下げる。そして慌てた様子で、すぐに走り去っていく。その後ろ姿をぼんやりと見送って、ローファーに履き替えた。

駐車場に停《と》められた車に乗ったとたん、むわっとした肌にべたつく熱気が全身を包み込んできた。九月といっても、車内は未だに蒸し暑い。

「車内暑いわねぇ」

慌てて駆けつけてくれたのか、車の中には外されたエプロンが置いてある。

「ごめん、お母さん。わざわざ来てもらっちゃって」

「階段から落ちた子、知り合いだったの？」

エンジンのかけられた車が振動を始める。車内の熱気から逃れるように窓を開けると、生温《なまぬる》い風が頰を撫でた。

「……クラスメイト」

「そう。……無事だといいわね」

事故があった方向には人がたくさんいて、大人だけではなく生徒たちも集まっているようだった。赤いランプが点滅している白い車が少しだけ見える。先ほどよりも気持ちは落ち着いたけれど、あれは現実に起こったことなのだと実感してしまう。

野次馬の中にいる男の子の姿が目にとまる。その横顔はよく似ていて、息を吞んだ。

まう。

「――そめ、やくん？」

あそこに染谷くんが立っているわけない。わかっているのに食い入るように見てしけれど、車は染谷くんに似ている人から遠ざかるように逆方向へと走っていく。

きっと見間違いだ。染谷くんは今頃病院にいるはずなのだから、ありえない。

頬に伝った涙が風に攫われていく。車のドアの方へと身を預けて、外の空気に触れながら彼のことを思い出していた。

染谷くんを好きになってから私は、教室でクロッキー帳に絵を描いている姿を眺めたり、美術室の廊下に飾られる美術部員たちの絵をよくこっそりと見に行ったりしていた。

絵に関しては素人だけど、それでも彼が創り出す世界は特別だと感じる。透明感があって繊細な染谷くんの絵に心惹かれて見入ってしまう。ああいった絵を描ける彼を純粋に尊敬していた。

――一体彼になにがあったのだろうか。

目尻に溜《た》まった涙を指先で拭って目を閉じる。動かない彼を思い返して、祈るように指を組んだ。

翌朝、学校の支度をしながらテレビを眺める。事件や芸能人の熱愛報道など、様々な情報が流れていて、それを観ながら目玉焼きを咀嚼《そしゃく》していく。

まるでなにもなかったかのような朝だ。

「朱莉、学校行ける？」

「……うん、大丈夫」

昨夜あまり食欲がなかったため、心配してくれているようだった。お母さんは「食べられなさそうなら残していいわよ」と言って、気を使うように微笑む。

昨日のことは夢ではないのだと実感しながら思い返す。染谷くんが非常階段から落ちて、意識がないまま病院に運ばれた。

おそらく故意で落ちたわけでも、誰かに落とされたわけでもないのだと思う。染谷くんが階段から落ちたとき、すぐに駆けつけたけれど他に人はいなかった

足を踏み外して階段から落ちてしまったのかもしれない。でも非常階段にいたのは何故《なぜ》なのだろう。あの場所で風景を描いていたのだろうか。

家を出て、いつも通りの道を歩く。すれ違う会社員や小学生に、私が通っていた中学の制服を着た女の子たち。すべて私の変わらない日常の一コマだ。それなのに心が

どこか別の場所にいるようで、世界が色褪《いろあ》せて見えた。

手のひらを緩慢な動作で握りしめる。目を閉じて倒れている染谷くんは動かなかった。

怖い。それが最初にせり上がってくる感情だった。

好きな人だということもショックが大きいけれど、私はあのとき人の生死を初めて身近に感じたのだ。

染谷くんの目が覚めたのか、学校に行って先生に確かめたい。私は早足に学校へ向かった。

＊＊＊

生徒たちの間で、昨日の放課後に染谷くんが病院へ運ばれたことが広まっているようだった。救急車が来て、大人たちが慌てているのを目撃した生徒も多いのだろう。

「二年の男子、事故に遭ったんでしょ？」

「私は自殺って聞いたけど」

「え、まじで？　てか、二年の男子って誰？」

そんな会話が廊下を歩いていると耳に入ってくる。教室に入るなり、宇野ちゃんと花音が大事件だと私の席へと集まった。話題は予想通り染谷くんのことだった。

「意識ないって相当打ち所悪かったってことかな。自殺とかじゃないよね？」

「非常階段から落ちたって聞いたから違うんじゃない？　なんか人が立ち入れないようにドアのところにテープ貼ってあるらしい」

自殺。誰かと口論になり突き落とされた。

勝手な憶測が飛び交っていて、なんとなくふたりには私が最初に階段から落ちた染谷くんを発見したことを話せなかった。ふたりを信用していないわけじゃない。けれど、胸の奥に重たい感情がのしかかって言葉が出てこないため、上手く説明ができそうになかった。

立てつけの悪いドアが嫌な音をたてながら勢いよく開かれる。染谷くんの話でもちきりの騒がしかった教室が少しずつ静かになっていく。

「席着け。ホームルームはじめるぞ」

出席を取り終わったあと、気になって仕方ないという生徒たちの雰囲気を察したのか、豊丘先生がなんとも言えない表情で頭を掻き、少しだけ染谷くんの話をした。

「染谷のことだが、昨日の放課後に倒れて病院に運ばれた。意識はまだ戻っていない」

机の上で握りしめていた手から、ショックのあまり力が抜けていく。溢れ出しそうになる感情を押し込めるように目を閉じた。

静けさを取り戻していた教室が一気に騒めく。けれど、豊丘先生は珍しく今日はそれを注意することなく、ホームルームを終わりにした。

詳しい事情はなにひとつ話されないままだった。階段から落ちたということは一切言わず、倒れたとだけ教えられた。けれど、ただ倒れたわけではないことはクラスの全員が噂で聞いている。

「私、染谷って話したことなかったな」

宇野ちゃんが窓際の一番後ろの空席を見やると、「染谷くんっておとなしい感じだったよね」と花音もあまり覚えていない様子で返した。

「朱莉、大丈夫？」

「へ？」

「顔色あまりよくないし、平気？」

心配そうに私を見ている宇野ちゃんに笑みを返す。

「うん。大丈夫だよ。ちょっとぼーっとしてた」

「……それならいいけど。無理しないで、体調悪かったら保健室行ったほうがいいよ」

ふたりに昨日のことを打ち明ける決心がつかなくて、唇を結んだまま頷いた。

昨日、保健室まで持っていってしまったオレンジのクロッキー帳と深緑の鉛筆は私が預かったまま鞄に入っている。

持っていていいものなのか迷ったけれど、彼が目を覚ましたら返したい。けれど、それがいつになるのかはわからなくて、不安が心に黒い影を落としていった。

＊＊＊

放課後、担任の豊丘先生を廊下で呼び止めた。癖のある黒髪が印象的で細身の豊丘先生の目の下には深い隈《くま》が刻まれている。年齢は二十代後半らしいけれど実年齢よりも上に見える。

服装の注意を受けるとき以外はあまり話したことはなく、少し苦手だ。けれど、今の私には豊丘先生を頼るしかない。

「で、話って？」

「あのっ」

目尻の上がった鋭い目と視線が交わり、躊躇いつつも意を決して言葉を続ける。

「そ、染谷くん、無事なの？」

僅かに目を見開くと、豊丘先生はなにかを言いたげに目を細めた。

「目撃者だし、気になって」

「特に目立った外傷はなく命に別状はないらしい」

それを聞いてほっと胸を撫《な》で下《お》ろした。けれど豊丘先生は険しい表情のまま、言葉を続けた。

「ただいつ目が覚めるかはわからないそうだ」

「そう、なんだ」

やはり頭を打ったことが原因なのだろうか。再び不安が胸の中を浸食していく。

「意外だな」

「え、なにが？」

「中村が染谷のこと、こんな風に気にかけるとは思わなかった」

「さ、最初に発見したっていうものあるけど、クラスメイトだから」

動揺を悟られないように声のトーンが変わらないように努めたけれど、ぎこちなくそうで怖い。

顔を逸らしてしまう。下手なことを言えば、私の気持ちが豊丘先生に知られてしまい

「周りの声が聞こえてないくらい泣きじゃくってたもんな」

「それは……だって、とにかく驚いたし」

あの場に遭遇して冷静でいるなんて無理だ。心臓は大きく脈打っていたはずなのに、凍りつきそうなほど心は冷えていて体が思うように動かなかったほどだ。

「お前、染谷と仲よかったのか？」

「よかったというか、その」

どう答えたらいいのかわからず、言葉尻を濁してしまう。

「仲よくなりたいとは、思ってたけど」

「へぇ……なるほどな」

「なにがなるほどなの！　その顔やめてよ！」

口元を緩めている豊丘先生を睨《にら》み上げる。頬の熱さが触れていなくとも伝わってくる。きっと顔も赤くなっているはずだ。

「中村」

豊丘先生が私を呼ぶ声にはどことなく緊張感があり、空気が塗り替えられる。頬の

熱が少しずつ引いていき、言葉の続きをじっと待った。

「これから俺が聞くこと誰にも言うなよ」

「え？」

言いにくそうに一度視線を下げると、豊丘先生は指先で顎に触れてなにかを考えているようだった。

「染谷って誰かに虐《いじ》められたり、揉《も》めたりしてたことあるか？」

「それどういうこと？」

耳を疑うような内容に眉根を寄せて、問いただすように一歩詰め寄る。

「教師よりもクラスメイトの方がそういうの気づくだろ」

「ちょっと待って。染谷くん、誰かに虐められていたの？」

「落ち着け。まだそうと決まったわけじゃない。……ただ、染谷の腕と腹部に痣《あざ》があったらしい」

教室にいた彼を思い返してみる。休み時間は大抵ひとりで絵を描いていて、クラスメイトと話しているところをほとんど見たことがない。

クラス内で虐めなんてなかったはずだ。ましてや、染谷くんのことを悪く言う声も私は特に聞いたことがなかった。

「おそらくそれは転落でできたものではないらしいから、見えない場所にそんな怪我なんて虐めの可能性も捨てきれないと思って一応確認しただけだ」

「痣って……」

　そういえば染谷くんは長袖のワイシャツの袖を折らずに着ていた。肌寒い日もあるため、徐々に半袖から長袖に衣替えする生徒が多い。けれど、日中の教室は暑いので大半が長袖を着ていても袖を折っている。もしかしたら、怪我を隠すために長袖を着ていたのかもしれない。そう考えると、血の気が引いていく。

「けど、その様子だとクラス内ではないのか」

　クラス内ではない？　それならどこで？　疑問が頭に浮かび、必死に記憶を手繰り寄せる。他のクラスの男の子が染谷くんの席に来たのを目撃したことがあったけれど、険悪な様子でもなく普通に会話をしているように見えた。

　染谷くんが誰かと揉めている姿なんて想像がつかない。

「私が知る限り、染谷くんは虐められたりしてないよ」

「そうか。もしなにかわかったら教えてくれ。ただ、他のやつには話すなよ。お前だから話したんだ」

「私ってそんなに信用あるの？」

信頼を得ることができるほど、私は大人うけがいいほうでもない。学力もいたって普通で優等生でもない。逆に身だしなみや態度を注意されるグループにいる。

それに担任といってもよく話す仲でもなく、豊丘先生の発言をすんなりと受け入れられなかった。

「クラスの状況をよく知っていそうに見えるってのもあるけど、染谷に関する話をお前なら言いふらさないだろうなと思ったから」

「言いふらす気なんてないけど、でもなんで」

そう返したものの、だんだんと豊丘先生の言葉の意味を理解していく。先生は私が染谷くんのことを好きだと気づいたから、好きな人のことを言いふらすことはないだろうと思ったのだ。

「……意外だとか思う？」

よりにもよって豊丘先生に勘づかれてしまうなんて最悪だ。けれど特にからかう様子もなく、先生は平然としている。

「まあ、思うけど。でも別にそれは悪いことじゃないだろ」

「そ、そっか。けどあと私の気持ち、絶っ対誰にも言わないでね！」

「わかったわかった」

念を押すように頼み込む私に豊丘先生は適当な返事をして背を向けると、手をひらひらとさせて職員室へと入っていってしまった。

＊＊＊

周囲に人がいないことを確認してから立ち入り禁止の黄色のテープを掻《か》い潜《くぐ》り、三階から非常階段に出る。

染谷くんが倒れていたのは二階だったので、おそらくは三階から二階の階段の途中で落ちたのだろう。

事件性はないらしいけれど、それならば事故なのだろうか。中には自殺だと噂している人もいた。でもそれなら、ここから下のコンクリートに向かって飛び降りるのが自然な気がする。

クロッキー帳と鉛筆を持っていたということは、ここで絵を描いていた可能性もある。ただ人のクロッキー帳を勝手に開けていいものなのか迷ってしまい、ページを捲ることを躊躇っていた。

冷たくて心地よいゆるやかな秋風が頬を撫で、私の茶色の髪を靡《なび》かせる。

彼が落ちた場所にしばらく立ち尽くしていると突風が吹いた。前髪が翻り、カーディガンの袖で顔を守りながら肩を縮こませる。風は唸《うな》りをあげ、落ち葉が駆けていくような音がした。

飛ばされないようにと近くの手すりを摑むと、風が止《や》んだ。冷やされた皮膚に血が巡り出したように、体温を取り戻していく。胸を撫で下ろして前方を見ると、あることに気づいた。先ほどは誰もいなかったはずの階段を下りた二階に人が立っている。

音もなく、いつの間にか誰かがいたことに驚いたものの、それ以上にそこにいる人物に目を疑った。

「え……」

一度も染めたことのなさそうな黒髪に、少し長めの前髪の隙間から見える奥二重。しっかりと上まで閉められたワイシャツのボタンとネクタイは、まるで見本のような制服の着こなしだ。

「うそ、なんでここに？」

物憂い気に空を眺めていた彼の視線が、私の方へと流れるように向けられる。そのことに心臓が大きく跳ね上がり、感情を抑えるように両手で口元を覆った。

「そ、染谷くんだよね？　どうしてここにいるの⁉」

「中村さん、もしかして……」

「目覚めたの？　もう退院したの？　体は大丈夫なの？」

豊丘先生はいつ目が覚めるかわからないって言っていたけれど、連絡が来ていなかっただけなのかもしれない。

「染谷くん、無事で……っ本当によかった」

鼻の奥が痛くなり、目頭が熱くなってきた。染谷くんからは憂いが消えて、柔らかく微笑んでいる。

「よかった、中村さんで」

「へ？　どういう意味？」

なにかを考えるように染谷くんは一瞬視線を外す。再び目が合うと決心したように口を開いた。

「中村さん、聞いて」

音もなく彼は階段を上り、そして私の肩に手を伸ばす。

突然のことに鼓動が波打つように速くなっていく。ほんの少しの戸惑いと甘い緊張が入り混じって、彼の指先を見つめる。

すると、染谷くんは苦笑して口を開く。

「幽体離脱って信じる？」

その手は、私の肩をすり抜けていった。

消えた九月の記憶

　あのあと、陽が落ちてきたこともあり、私の家で事情を聞くことになった。

状況を上手く飲み込めずにしばらく困惑していたため、今頃になって緊張が全身を巡ってくる。自分の部屋に染谷くんがいる日が来るなんて考えもしなかった。

　慌てて部屋の中を見回す。勉強机として使っている小さな木製のテーブルと、漫画や楽譜が仕舞われている本棚は、幸いなことに一昨日片付けたばかりだ。今朝寝坊をしなかったため、ベッドも整っている。床に放置していた読みかけの雑誌をさりげなく閉じてテーブルの下に置いた。

「中村さん」

「は、はい！」

「巻き込んじゃって、ごめん」

　染谷くんが気まずそうに俯いて立ち尽くしているのを見て、浮かれていた気持ちが萎《しぼ》んでいく。

「大丈夫。気にしないで」

声も見た目も、間違いなく同じクラスの染谷くんだ。けれどひとつだけ理解しきれていないのは、彼が幽体離脱しているという話。染谷くんの手が私の肩を貫通したことは、仕掛けがあるようにも見えなかった。しかも、今のところ染谷くんの霊体を認識しているのは私だけらしい。

それを証明するように、家に帰ってきたときお母さんはいつも通り「おかえり」と言うだけで、横に染谷くんがいたことに触れてこなかった。

「あのさ、染谷くん」

「ん？」

「本当に幽霊なんだよね？」

ベッドの上に置いていた星型のクッションを抱きしめながら、おずおずと尋ねる。

「うん、そうみたい。事件現場で倒れている自分を見たし、今も俺の体は病室で眠ってるよ」

想像以上に軽い受け答えをされてしまい、反応に困ってしまう。

つまりは染谷くんの体は意識が戻っていないだけで生きてはいる。けれど、肝心な意識が霊体化してしまったということなのだろうか。いまいち現実味がなく、未だに夢でも見ているのかと思ってしまう。

「聞いてもいい？」

「いいよ。なに？」

「染谷くんはどうして階段から落ちたの？」

悩ましげに視線を下げると、染谷くんは黙り込んでしまう。もしかしたら話しにくいことを聞いてしまったのかもしれない。踏み込んだことを聞いてしまい後悔した直後、染谷くんは苦笑しながら冗談でも話すような口ぶりで言った。

「実は、全く覚えていないんだ」

「え、覚えてない？」

「落ちたときのことだけじゃなくて、落ちる前の記憶もないんだよね」

その内容に驚愕《きょうがく》していると、染谷くんは他人事《ひとごと》のようにあっけらかんとしながら肩を竦《すく》める。

「不思議だよね。あの場所にいた理由もわからないし」

落ちたときのことを覚えていないためか、染谷くんからは深刻さを感じない。むしろ私の方が焦っている。

「あれ？」

机に置いている卓上カレンダーを見て、染谷くんは「今って九月なの？」と聞いてきた。今更九月なのかと聞かれることに違和感を覚える。

「そうだよ」

私の返答に染谷くんは表情を曇らせると、首を捻った。

「八月じゃないの？」

「へ？　八月？　とっくに過ぎてるよ」

携帯電話をテーブルに置くと、ホーム画面を覗き込んだ染谷くんが初めて動揺を見せる。そして、腕を組んだまま黙り込んでしまった。

「……俺の中では八月で止まってる」

染谷くんが階段から落ちたのは昨日だというのに、記憶が八月で止まっているというのは妙だ。九月の半分くらいの出来事を覚えていないということになる。

「理由はわからないけれど、九月の記憶がないみたいだ。……おかしいと思ったんだ。夏休みなのにどうして生徒が登校してるんだろうって」

「記憶がないって、それって大変なことなんじゃない？　大事なことを忘れてるかもしれないし」

「でも、きっとなくても困らない記憶だよ」

染谷くんの微笑みは寂しげで、本当は気になっているのではないかと思った。

もしも私にすっぽりと抜け落ちてしまった記憶があったとしたら、もどかしさを感じてどうにかして思い出したいとなるはずだ。

「元に戻るには、染谷くんの体の傍にいた方がいいとかはないのかな」

「俺も最初はそう思って、自分の体に触れようとしたんだけど弾かれたんだ」

「弾かれた？」

「うん。まるで拒絶しているみたいだった」

染谷くんの体が目を覚ますことを拒否しているということなのかもしれない。けれど、それでは染谷くんは幽霊のままになってしまう。思考がよくない方向へと進み、目眩を起こしかける。

「……もしかして、なくした記憶と戻りたくない事情が関係しているとか？」

「それはありえるかもしれないね」

先ほどから時折他人事のようになる染谷くんは、元の体に戻らなくても問題ないかのように振る舞っているけれど、表情には影が落ちている。

「俺の事情なんてきっと大したことないと思うんだ」

片想いをしていたとはいえ、私は彼をまだよく知らない。そのため言葉をかけることに躊躇《ちゅうちょ》してしまう。それでも、このまま放っておきたくない。私にだけ彼の姿が見えるということは、私でも力になれることがあるのかもしれない。

「染谷くん！」

立ち上がり、染谷くんの前に手を差し出す。

「私と一緒に探そう！」

九月の記憶だけがないことには、なにか理由があるはずだ。

「探すって……？」

「染谷くんの九月の記憶！」

不安を隠すように無理して笑っていた彼を、視《み》えていたのは私だけだ。

「記憶取り戻そうよ。もしかしたらすごく大事な記憶かもしれないよ」

「けど、中村さんをそんなことに巻き込むわけにはいかないよ」

「巻き込んでいいよ。染谷くんはなににも触れられないんだし、私にできることがあれば手伝わせて」

面食らって口が半開きになっている染谷くんに笑いかける。

「それにこの際さ、元の体に戻る前にいっぱいいろんなことしとこうよ！　歌を口ずさんでも大声で笑っても、泣きじゃくっても、周りに聞こえないから、好き放題しちゃおう！」

誰の目にも映らなくて、彷徨《さまよ》っていた彼の心は少しずつ孤独に蝕《むしば》まれてしまう気がした。あまり強引なことはしたくないけれど、もしも彼が望んでくれるなら協力させてほしい。

「中村さんに聞こえちゃうのは恥ずかしいよ」

肩を震わせながら、染谷くんはおかしそうに笑った。口角を上げると頬には笑窪《えくぼ》ができていて、普段よりも砕けた雰囲気の染谷くんに心臓を掴まれて、顔が熱くなっていく。まるであの春の日を彷彿《ほうふつ》とさせる。

「ありがとう。よければ手伝ってくれる？」

染谷くんのことをたくさん知りたい。そして彼にも、私のことを知ってほしい。そして、いつか好きだと伝えたい。そんな下心のある協力者だ。内心申し訳なく思いながらも私は頷いた。

「もちろん！」

「これからよろしく」

私が伸ばしていた手に、染谷くんの手が重なる。触れ合っているように見えるのに、感触がない。それでも私たちは確かに握手を交わした。

＊＊＊

霊体で姿は視えていないとはいえ、家に帰らなくていいのかと聞くと、染谷くんはあまり戻りたくないと答えた。

詳しくは話してくれなかったけれど、もしかしたら心配している家族の傍にいるのは精神的に辛《つら》いのかもしれない。

彼はどこかで朝まで暇をつぶすと言っていたので、咄嗟に「うちにいればいいじゃん！」と言ってしまった。勢いで引き留めてしまい、着替えるときや寝るときなどの現実的な問題に直面することに気づき焦る。悶々《もんもん》と考えていると、私の心中を悟ったのか染谷くんは私の部屋の窓を指差した。

「夜はベランダにいるよ」

「え、でも寒くない？」

「気温とか感じないから、外にいても家の中にいても同じなんだ」

室内ではなく外で過ごさせてしまうことに申し訳なさがあるけれど、染谷くん本人は気にしていないようだ。

そうしてひとまず染谷くんは、私の部屋のベランダで夜を過ごすことになった。

窓を開けると、カーテンが風に揺れて波打つ。

「ねえ、染谷くん」

夜の闇の中に彼が立っている。好きで、近づきたいと思いながらも教室で横顔ばかり眺めていた。遠い存在だったはずの染谷くんが振り返って、今は私のことを瞳に映している。

「どうしたの？」

風が吹いても染谷くんの髪は揺れることはない。本当に幽霊なのだと、実感しながら彼と向き合う。

「私、無理させてない？」

「無理？」

「ここにいてとか、記憶を取り戻そうとか、結構強引だったかなって……」

口に出しながら自分のしてしまったことを思い返して俯いた。

好きな人の力になりたくて一方的に暴走してしまった自覚はある。優しい染谷くんは、はっきりとは言えずに付き合ってくれているのかもしれない。

「そんなこと気にしてるの？」

「そんなことって……」

「俺は嬉しかったよ。中村さんにそんな風に言ってもらえて」

「ほ、本当に？」

顔を上げると染谷くんが優しげに微笑んでいる。手がゆっくりと私の下に伸びてきて心臓がとび跳ねた。けれど、その手は私の肩をすり抜けていく。

「この通り、俺はひとりじゃなにもできないからさ」

染谷くんは、一瞬悲しげにすり抜けた手を見てすぐに引っこめてしまう。目を細めてなにかを堪えるように口角を上げる表情は、どこか苦しそうだ。

「だから心強いよ。ありがとう、中村さん」

突然こんな状況になった染谷くんの不安を私が推し量ることはできない。けれど、傍にいたい。他の人と話ができず、触れることも叶《かな》わない染谷くんが元に戻るきっかけを探す手伝いをさせてほしい。

「中村さんには迷惑かけてるけど、こうして話し相手になってくれるのは嬉しいんだ」

「迷惑だなんて思ってないよ」

私だって話せて嬉しいと伝えたいけれど、緊張して言葉が出てこない。

「同じクラスなのに席も遠いし、俺とは別世界にいる人だなって思ってたんだ」

「別世界？」

「明るい場所で人に囲まれていて、鮮やかな世界」

「そんなんじゃないのに」

私は特別な何かを持っているわけでもなく、至って平凡な人間だ。むしろ私から見た染谷くんの方が、夢中になれるものを持っていて、眩《まぶ》しいくらいだ。

「私……染谷くんの世界が見てみたいな」

「俺の世界なんて見たって味気なくてつまらないよ」

微笑みが消えた染谷くんの横顔を見て、豊丘先生が話していた痣の件を思い出す。誰かと上手くいっていないのかもしれない。聞いてみるべきかと悩んでいると、「中村さん」と声をかけられた。

「風が結構吹いているみたいだけど、寒くない？」

「少しだけ肌寒いかも」

「もう部屋に入ったほうがいいよ」

「そうだね。じゃあ、そろそろ戻るね」

本当はもう少しだけ一緒にいたい。けれど、これ以上夜風に当たって体調を崩すと、染谷くんが気にしてしまう。

「おやすみ、染谷くん」

頬だけがほんのりと熱をもっている。きっとそれは夢見たいな時間を彼と過ごしているからかもしれない。視線を向けると、染谷くんが目を細めて笑みを浮かべた。

「おやすみ、中村さん」

好きな人からのおやすみは、顔が綻んでしまいそうなくらい幸せだ。

両想いとは程遠いけれど、私たちの奇妙な共同生活が始まった。

＊＊＊

「――ん……らさん……中村さん！」

「っはい⁉」

私を呼ぶ声が聞こえてきて勢いよく飛び起きる。いつのまにか部屋の中は明るくて、ベッドのすぐ傍には苦笑している染谷くんがいた。

「おはよう、中村さん」

「う、うわあぁあ⁉」

慌てて枕で顔を隠すと、染谷くんは申し訳なさそうに謝ってくる。

「驚かせてごめんね。ずっとアラームが鳴っていたから、そろそろ起きないと遅刻するんじゃないかと思って」

ベッドに置いていた携帯電話を確認すると、いつも起きる時間を過ぎている。確かに起こしてもらわなければ、寝坊するところだった。

枕を元の場所に戻して、くしゃくしゃになっている髪の毛を整える。

「わ、私こそ……騒いでごめん」

見られてしまったことが恥ずかしい。変な寝顔だったらどうしよう。

本当はすぐにでも布団の中に潜って隠れてしまいたい。

すると部屋の外から床を踏みつけるように歩いている音が聞こえてくる。その音はこちらへ近づいてきているようだった。

誰が来たのか予想ができて身構えていると、壊れそうな勢いでドアを開けられた。

「おねーちゃん！　ちょっと、いつまで寝てんの！　……って起きてたんだ」

妹の燈架は相変わらず乱暴だ。バスケ部に入っていて朝練があるので、起きるのが早い。だからこうして起こされることが多いのだ。

「おはよう、燈架」

「おはよ。てか、なんでそんな顔真っ赤なの？　熱でもあんの？」

燈架が眉根を寄せて首を傾けると、高い位置でひとつに結われた黒髪が尻尾のように揺れる。

「え！　いや、元気だけど」

好きな人に寝顔を見られたからだなんて言えるはずがない。それにやはり燈架にも染谷くんは視えていないらしく、なにも触れてこない。

「そ？　ならいいけど。二度寝しないようにねー。朝ご飯はシナモンロールだよ」

「うそ！　やった！」

大好物のシナモンロールと聞いてテンションが上がり、ベッドから立ち上がる。

「じゃ、行ってきまーす」

「行ってらっしゃい」

燈架は中学二年生で三年の先輩たちが夏で引退した際、次のキャプテンに選ばれたらしい。そのせいか最近は特に張り切っている。二つ年下だというのに、私よりもずっとしっかりとした妹だ。

「元気だね。妹さん」

「いつも私は叱られてばっかりだよ。昨日なんてワックスの蓋閉まっていないって怒られたし」

親にもどちらが姉かわからないと言われるくらいだ。小学校の頃は燈架の方が泣き虫だったけれど、いつの間にか私を追い越してしっかり者になっていた。

「仲がよくていいね」

私の話を楽しそうに聞いてくれている彼に、「染谷くんは兄弟いないの？」と聞けなかった。まだどこまでが踏み込んでいいラインなのかわからない。


顔を洗い、着替えを済ませてからリビングへ行くと、コーヒーのほろ苦い匂いがする。ダイニングテーブルに置かれた白いお皿の上に、好物のシナモンロールを発見し、自然と口角が上がった。

キッチンで洗い物をしていたお母さんが私に気づくと、マグカップを持ってこちらへ歩いてくる。

「朱莉、早く食べちゃいなさい」

「はーい」

私が席に着くと、お母さんがミルクをたっぷり入れたコーヒーを置いてくれた。

前までコーヒーは苦くて飲めなかったけれど、最近ではミルクが多めに入っていれば飲めるようになったので、少し大人になった気分だ。

口の中の苦味を消し去るように砂糖衣がかかったシナモンロールを食べる。口の中に広がる甘さとシナモンの風味がたまらない。

大好きなものを食べて幸せに浸っていると、リビングに染谷くんがひょっこりと姿を現した。

「美味しそうに食べるね」と微笑まれてしまい照れくさくなる。待たせるのも申し訳なくて、一口を大きくすると再び笑われてしまう。

「まだ時間あるし、ゆっくりで大丈夫だよ」

喉に詰まりそうになるシナモンロールをコーヒーで流し込み、返事をする代わりに私は小さく頷いた。

「天気しばらくいいみたいね」

お母さんは私がテレビを見ていると勘違いしたのか、テレビ画面に映る週間予報の話題を振ってきた。

「雨……」

その単語によって、染谷くんが落ちたときの映像が断片的に頭へ流れる。

「なにか言った？」

不思議そうに首を傾げたお母さんが声をかけてくる。

染谷くんが階段から落ちた前日は雨が降っていたのだ。だからあの日、非常階段は少し濡《ぬ》れていた。もしも事故なら、それが原因かもしれない。

けれど、何故染谷くんは非常階段にいたのだろう。まだ前日降った雨が乾いていなかったあの場所で、彼はクロッキー帳と鉛筆を持って絵を描いていたのだろうか。

「中村さん?」

「なんでもない! ごちそうさま」

食器を片付けて、廊下に置いておいたカバンを肩口にかける。

疑問が浮かんで尋ねたところで、なにも覚えていない彼には、答えようがないだろう。だからこそ、あの日の出来事の詳細や、彼が失った九月に関する記憶を知るために、私が手がかりを探していくしかない。

＊＊＊

外は気持ちいいくらい晴れていて、空気が澄んでいる。肺いっぱいに空気を吸い込み、爽やかな気分に満たされた。

今日は寝坊せずに早めに家を出ることができたので、時間を気にする必要もない。

「幽霊になって学校に行くのって変な気分」

染谷くんが私の隣を歩きながら、時折水中で泳いでいるかのように宙を揺蕩《たゆた》う。

「霊感がある人にならし、染谷くんって視えるのかな。でも私、今まで霊感なんてなかったんだよね」

「どうだろう。今のところ中村さん以外に俺のことを認識できる人と会ってないな」

「私にだけ視えるっていうのも謎だよね」

独り言に思われないように口もとに手を添えて小声で返す。

好きな人と登校するなんて夢みたいだ。けれど、複雑な気持ちだった。一緒に過ごせるこの時間は私にとって大切だけど、染谷くんのためを思うならこの状況が長くは続いてはいけない。


教室に着き、宇野ちゃんや花音が私の下にやってくると、染谷くんは傍を離れていく。そのことを寂しいと感じながらも、私には引き止めることはできない。染谷くんもひとりになりたいときがあるはずだ。

「朱莉～、数学の課題やってきた？」

「あれ最後の問題だけわからないんだよね。ふたりは解けた？」

一限目の数学の課題プリントを三人で照らし合わせていく。それぞれが空欄を埋め終わったところでチャイムが鳴った。

豊丘先生が来てホームルームが始まる中、窓際に視線を向ける。

ひとつだけ空席があり、その近くで立っている生徒がいる。本来であれば注意されてもおかしくない光景だけれど、誰も彼の方を見ない。この教室にも、私以外に視える人はいないらしい。

透明な姿の染谷くんは、窓際でぼんやりと外を眺めている。

風が吹いてカーテンが波を打っても彼の髪は揺れない。物思いに耽《ふけ》っている横顔を見つめているのは私だけだ。

豊丘先生が出席をとっていると、教室の前方のドアが開かれた。

「失礼します」

入ってきたのは、学年主任の博田《はかた》先生だ。

ダークグレーのスーツに身を包み髪を後ろできっちりと纏め、銀縁のメガネをかけた博田先生は真面目で厳しいことで有名だ。私はあまり話したことはないけれど、少し面倒な先生という印象を持っている。

「豊丘先生、あの件はもう生徒に話しました？」

「まだやると決めていませんので、話していません。今出席をとっているところなので、その件はまた後ほど」

豊丘先生は明らかに困っている様子だったけれど、博田先生は構うことなく「それでは私から話します」と勝手に話を進めていく。

教卓のすぐ横に立つと、注目を集めるために両手を叩いた。

「染谷くんの件は、みなさん既に知っているわね」

なにを言い出すのかと思えば、彼の名前が出てきたのでどきりとした。

「まだ目が覚めないそうなの。そこで、クラスメイトのみなさんで千羽鶴を折りましょう！　染谷くんもきっと喜ぶと思うわ」

教室に不穏な空気が漂う。やる気に満ちている博田先生に対して、生徒たちの困惑が見てとれた。

「みんな今日から昼休みと放課後を使って千羽鶴を作りましょう。部活をやっている子は、家で作ってきてください。それ以外は全員参加です」

「鶴の折り方とか知らないんだけど」

ぽつりと誰かの一言が聞こえると、口々に不満が漏れていく。

「部活以外にもバイトだってあるし、残るの無理」

「今時そんなのもらって喜ぶの？　ウケんだけど。マジでいらねぇ」

「染谷って基本いつもひとりだったじゃん。どんなやつかもよく知らないのに、なんでそんなことしなくちゃいけないわけ」

生徒たちの声が不協和音として耳に届いた。

教室の窓際の後ろの方には、顔を少し伏せて床を眺めている染谷くんが立っているのが見えて、腹部が煮え立つように熱くなってくる。

こんな話やめてほしいけれど、染谷くんが聞いていると訴えるわけにもいかず、机の下で拳を握りしめる。なんとかして止める方向へもっていきたい。けれど、その方法が思い浮かばないまま頭に血が上っていく。

「友達でしょう！　目を覚ましてほしくないの⁉」

生徒たちの否定的な意見に不服そうな博田先生は、感情的に声を上げた。信じられないというように目を見開いて、教卓を叩くとその音に教室が静まり返る。

「友達が辛いときになにかしてあげることは当たり前でしょう！」

「同じクラスイコール友達じゃねーし。喋ったこともないのに」

「堀口くん、貴方なんてこと言うの！　染谷くんは友達じゃないってこと？　どうだっていいの？」

博田先生が話せば話すほど、状況が悪化していく。

染谷くんの件をクラスメイトたちが心配していないわけではない。けれど、こうして押しつけられれば抵抗する人は必ず出てくる。そうすると苛立《いらだ》ちの矛先が染谷くんにいってしまいそうで怖い。

それにもしも私が染谷くんの立場なら、話したこともない人たちから無理矢理作らされた千羽鶴をもらっても複雑な気持ちになる。

「染谷くんは大人しくて交流のある子は少なかったかもしれないけれど、ここのクラスの一員なのよ」

「だからなんなの？　なんで俺らが作らなきゃいけねーの」

聞こえくる会話に黒く澱《よど》んだ感情が滲み、毒々しく心を染め上げていく。激しく脈打つ心臓はなにもできない自分を責め立てるようだ。手を爪が食い込むほど握る。

思うように言葉が纏まらず、私は唇を噛《か》みしめた。

この教室の空気を、染谷くんに見せたくなかった。博田先生もクラスメイトたちも悪気はないのだろう。けれど、染谷くんはこんな風に自分のことで揉めるのをきっと望んでいないはずだ。

「こんなときこそ、みんなで力を合わせないと」

「やめてください！」

勢いよく立ち上がり、喉が痛むくらいの大きな声で叫ぶ。

心臓が五月蝿《うるさ》い。自己主張するように脈を打っているのが全身に嫌なくらい伝わってくる。

呼吸も浅くて、酸素が足りない。頬も燃えるように熱く、薄い涙が瞳に膜を張った。教室中の視線が集まっているのを感じる。けれど、今までの声が染谷くんに届いてしまっている方が苦しくて、もうこれ以上この話をしてほしくなかった。

「てかさぁ、千羽鶴作って染谷は本当に喜ぶの？　私だったらこんな風に揉めてまで作ってもらいたくないや」

宇野ちゃんの声に我に返る。今にもなにか言い出しそうな博田先生を遮るように宇野ちゃんは言葉を続けた。

「みんなだって心配していないわけじゃないのに、一方的にそんなこと言われたってさ、不満出るでしょ。そういうのって押しつけられてやるもんじゃないから」

宇野ちゃんの言う通りだった。こういうことは強制されてやるものではない。興奮気味だった頭ではそこまで回らず、私はやめてと叫ぶのが精一杯だった。

頭が少しずつ冷えていき、力を失ったように膝が折れて席に座る。

千羽鶴がいけないわけではない。きっと想いを込めて一生懸命作っている人だっている。けれど、私たちにはこのやり方は違う気がした。だからこそ、豊丘先生も博田先生に提案されても私たちには話さなかったのだと思う。

「一旦この話はやめよう。博田先生、申し訳ありませんが出席確認の続きをさせてください」

豊丘先生が有無を言わせない笑みで異論がありそうな博田先生を追い出すと、再びクラスに平穏が戻ってきた。

先ほどの刺々《とげとげ》しく不穏なざわめきではなく、みんな近くの席の人と口々に話し出して一気に賑《にぎ》やかになる。

「なんか博田先生の言い方、すっごい嫌だったんだけど」

「染谷のことだって、うちらちゃんと話されてないから詳細わかんないよね」

「噂ばっかり聞くけど、先生たちがなんにも教えてくれないんじゃん」

そんな声が聞こえてきて、豊丘先生が手を叩いて注目を集める。

「確かにみんなには倒れたとだけ話して、ちゃんと説明していなかったな」

豊丘先生は言葉を選ぶように少し考えながら、ゆっくりと口を開く。

「染谷は非常階段から落ちて今も意識不明なんだ。いろんな噂が広まっているらしいが学校側は事故と考えている」

突き落とされただとか、自分から落ちただとか、生徒たちの間では憶測が飛び交っていたため、周囲が再びざわつき始める。

「博田先生のやり方は強引だし、俺も正直千羽鶴は自分だったら欲しいかって言われると微妙だ。でも、博田先生にも悪気はないからそこはわかってくれ」

悪気のない善意だったのだろう。きっとそれは多分クラスのみんなもわかっている。

私があんなにも不快に感じてしまったのは、きっと染谷くんが本当はここにいることを知っているからだ。周囲からしてみたら、私の反応も過剰だったかもしれない。

もう一度彼に視線を向けると、染谷くんの姿はなかった。あの空気や発言を、染谷くんは一体どんな思いで聞いていたのだろう。そう考えると胸が痛んだ。

「私らができることって、染谷が戻ってきたときにいつも通りに迎えることなんじゃない？」

宇野ちゃんの言葉に私も同意して頷く。染谷くんを見ている限り、特別なにかしてもらうことを望んでいないように思う。こうして話題の中心にされることも不本意だったはずだ。それよりも変わらない帰る場所が、彼にとっては必要な気がする。

いつもより長引いたホームルームは、千羽鶴の件を白紙にして終わった。

＊＊＊

ノートを一ページ破くと正方形に切り、罫線《けいせん》入りの小さな鶴を作った。質素な色の一羽《わ》の鶴を私のペンケースの隣に着地させる。

「朱莉、大丈夫？」

顔を上げると花音と宇野ちゃんが心配そうに私の席の目の前に立っていた。先ほど声を荒らげたので驚かせてしまったのだろう。

「もう落ち着いたから平気。ありがと」

「嫌な空気だったしね。朱莉にとっては辛かったでしょ」

宇野ちゃんが私の頭を軽く撫でてきて、私にとって辛いという意味がわからず瞬《まばた》きを繰り返す。そんな私を見た花音がわざとらしくため息を吐くと、私の頬を両手でつぶしてきた。

「いっつも目で追ってたもんね～」

「え！」

「気づいてたよ」

花音は私の頬から手を離すと、目の前の席に腰を下ろす。両手で頬杖をつくと可愛らしく微笑んできた。

「隠したいんだな～って思って私たちも気づかないフリしてたんだ」

上手く隠しきれていたと思っていた私の恋心は、花音と宇野ちゃんには見抜かれていたようだ。

頬が上気していくのを感じて、咄嗟に手で顔を覆う。

「そ、そうだったの？」

好きな人を知られてしまうことが、こんなにも照れくさいものだなんて知らなかった。教室での出来事を思い返して、もしかしてと声を上げた。

「事故の翌日に〝大丈夫？〟って聞いてきたのって、私の気持ち知ってたから⁉」

顔を隠した指の隙間から覗くと、宇野ちゃんが苦笑しながら花音を見やる。

「そりゃまあ、バレバレだったしね」

「一緒にいて気づかない方がびっくりだよねぇ」

必死に隠していたことがむしろ恥ずかしくなってくる。ふたりが察するほど、私はわかりやすいらしい。

周りを気にせず会話してしまったため我に返り、教室内をぐるりと見回す。染谷くんはまだ戻ってきていないのがわかり、胸を撫で下ろした。

「……あんまり抱え込まないようにね」

彼の席がある方向を眺めていることに気づいた宇野ちゃんが、慰めるように言った。

染谷くんの幽霊の件はいくらなんでもふたりに話せない。視えない相手に信じろといっても無理がある。精神的に追い詰められてしまったのではないかと思われてしまいそうだ。

私は心配をかけないように大丈夫と言って頷いた。

＊＊＊

午後の授業は、女子は体育館でバレーだった。久しぶりの球技に胸を躍らせる。

花音とトスの練習をしながら、感覚を取り戻していく。中学の頃は昼休みになると、よく友達とバレーをして遊んでいた。

「朱莉ってうまいよねー。すごい軽やかっていうかさー」

「球技系は結構得意なんだ」

ピアノの先生に運動部に入ることを反対されて入部できなかったけれど、バレーやバスケなどの球技系は昔から好きだった。反対されていなければ、どちらかに入部していたかもしれない。

「危ない！」

宇野ちゃんの叫ぶ声が聞こえてきたときには、私の体に痛みと衝撃が走る。そのまま床に誰かと一緒に倒れ込んで体を床に打ちつけた。

「大丈夫⁉」

ぶつかられた左腕と、右のお尻が痛い。隣のクラスの子がボールを受け取ろうとして私と接触してしまったみたいだ。

「ごめんね、中村さん！　どこか痛む⁉」

「たいしたことないから大丈夫だよ」

気にさせないために笑ってみせたけれど、痛みはまだ引いてくれない。そんなにたいした怪我ではないけれど、軽く痣ができるかもしれない。

——痣。

『染谷の腕と腹部に痣があったらしい』

豊丘先生が言っていた染谷くんの痣は、どうやってできたものなのだろう。私のように体育で負った怪我の可能性もあるけれど、腹部にもあるということが引っかかる。故意に誰かが染谷くんに怪我を負わせたのなら、彼と揉めていた人物がいるということだ。

「朱莉、保健室行く？」

宇野ちゃんと花音の手を借りて立ち上がる。

「ううん、平気！」

あたりを見渡しても染谷くんの姿はなかった。九月のことを覚えていない彼はきっと痣のことも忘れてしまっている。

染谷くんが九月のことを忘れた理由に、痣も関わっている可能性が高い。けれど、ただのクラスメイトでしかない私には思い当たる人物が浮かばなかった。

放課後、教室の掃除が終わるまで、鞄を持って校内を歩きながら時間をつぶしていた。

少しして遠くの方から吹奏楽部が奏でるトランペットやクラリネットの音色が聴こえてくる。その音を掻き消すように、廊下に複数の足音と女子生徒たちの笑い声が響く。

授業から解放された生徒たちの表情は晴々としていているように見える。そんな彼女たちを横切り、私は階段を上った。そろそろ掃除が終わったかもしれない。すぐに見えてきた私のクラスの象牙色のドアは、擦れた灰色の傷や汚れが目立っている。今日からドアを綺麗に保つために水拭きをすることになり、日直がドア吹き係に決まった。

こうして染谷くんがいない間に教室は少しずつ変化していく。彼がいないことにクラスが慣れてしまう日が来るかもしれない。そう考えると怖くてたまらない。

銀色の部分に指先を添えて、ゆっくりと左に引くと、静けさを帯びている教室が目前に広がった。

電気が消された教室は、窓から差し込む光によって明るさを保っている。

ここには誰もいない。けれど、彼は窓際に立っている。私以外には誰にも認識されることなくそこにいる。

なにもかもがすり抜けてしまう体だというのに以前と変わらぬ様子だった。まるで時が止まったかのように教室の中は無音だ。

「染谷くん」

視線が交わり、名前を呼べば彼は微笑んでくれる。彼が事故に遭う前にこうして話しかけることができていれば、私たちの関係はもっと早くに変わっていただろうか。

「今日はありがとう」

唐突なお礼の意味を聞かなくても、朝のホームルームで私が立ち上がって叫んだことだと察しがつく。実際私の発言はきっかけくらいにしかならなくて、効力なんてほとんどなかった。

「私はあまり役に立てなかったよ。止めてくれたのは宇野ちゃんだし」

「それでも俺は、中村さんが最初に声をあげてくれたのが嬉しかったんだ。ありがとう」

染谷くんの目が細められて、口角がゆるりと持ち上がる。彼の柔和な微笑みに見惚れながら、この人のことが好きだと改めて感じた。

落ち着きのある澄んだ声も、絵と真剣に向き合っている横顔も、好きだと自覚したあの春の日から変わることはない。

ただ、こうして一緒に過ごせて会話を交わすことができても、目の前にいるのは彼の霊体だ。体に戻さなければ、染谷くんはずっと眠ったままになってしまう。

このまま彼が体に戻ることなく、時が流れていけばあっというまに学年が上がり、やがて卒業を迎えてしまうだろう。そのことを想像してしまい、どうにかしなければと焦りが湧き上がる。

「俺は大丈夫だから、気にしないで」

私が折り鶴の件を気にしていると思ったのかもしれない。私の不安を取り除くような穏やかな口調で言われ、肩の力も抜けていく。

「作ろうって言ってもらえたのはありがたいけど、俺は一羽だけで十分」

「一羽？」

「中村さんが折ってくれていたやつ」

「……気づいてたんだ」

花音たちに私の好きな人を見抜かれていた話のときは、染谷くんの姿がなかったので鶴を折っていたことに気づかれていないと思っていた。

けれどもしも、あのとき染谷くんが私たちの話を聞いていたら、彼はどんな反応をしたのだろう。せっかく話せるようになった距離がぎこちなくなってしまうかもしれない。

この関係が崩れてしまうことが怖くて、彼が自身の体に戻るまでは本当の気持ちを言えそうにない。今は手伝うことを最優先に考えたい。

「九月の記憶を取り戻すために、染谷くんが放課後によくいた場所に行ってみない？

なにか思い出すかもしれないよ」

「うーん、よくいた場所かぁ」

私の提案に、顎に手を添えて首を傾げる染谷くんが可愛らしい。初めて見る彼の仕草に淡い喜びが心に広がり、口元が緩みそうになるのを耐える。

「校内なら、ほとんど教室か美術室くらいかな」

「非常階段へは、あまり行かないの？」

「俺の八月までの記憶では、行ったことないよ」

その言葉が引っかかり、眉根を寄せる。それなら何故、あの日非常階段にいたのだろう。

「染谷くんは非常階段で事故に遭ったことも、全く覚えていないんだよね？」

「うん。最初はわけがわからなかったけど、倒れている自分の姿を見て、近くで話している先生たちの会話を聞いてから理解したんだ」

染谷くん自身、今まで行ったことのない非常階段に自分が倒れていたことに違和感を覚えていたらしい。

非常階段に行けば、何故あの場所にいたのかを思い出すかもしれないと思い、再び訪れたそうだ。そして、なにも思い出せないまま立ち尽くしていると、そこで私と再会した。

事故の衝撃で忘れているだけなのか、それとも忘れたいほど嫌なことがあったのか。

まだ聞けないこともいくつかあるけれど、傷つけてしまうかもしれないと、慎重になってしまう。

それでも彼が心の裏側になにを隠しているのか、それを明らかにしなければ元の体に戻れないような気がした。

＊＊＊

美術室のドアを開けると、外の光がたっぷりと部屋に降り注いでいる。けれど、窓が開いていないため換気がされておらず、埃《ほこり》と絵の具が混じったような独特な匂いがした。

部活が行われているようには思えないほど、人の姿がなくて静まり返っている。

「美術部は作品さえ期限までに提出すれば出席は自由なんだ。活動曜日を基本的には決められてないから、日によっては人がほとんどいないんだよね」

そんな中、染谷くんはほぼ毎日のように通っていたそうだ。

「あ、今日はひとりだけだね」

肩あたりまで伸ばされた黒髪の女子生徒が端の方に座っていた。彼女の目の前には大きなキャンバスがあり、そこには猫の横顔が描かれている。筆を使いながら灰色を幾度も重ねるように塗っている動作を眺めながら、近づいていく。

「あの」

声をかけると、女子生徒が振り返った。赤い縁のメガネのレンズ越しに、鋭い眼差しを向けられる。けれど、私の顔を見ると表情が強張《こわば》ったように見えた。部員だと思っていたら知らない人だったから驚いたのかもしれない。

「美術部の方、ですよね？」

上履きの青のラインは三年生を意味しており、年上だということを主張している。目が合ってから一言も発することのない彼女に、「染谷くんの絵を見せてもらえませんか」とお願いしてみた。すると、軽く目を見開いてから訝しがるように顔を顰めた。

「どうして」

素っ気ない一言で返されてしまう。視線や口調から警戒していることがひしひしと伝わってきた。

同じ美術部であれば、染谷くんが意識を失っていることをおそらく知っているだろう。このタイミングで訪ねてきた私に不信感を抱いているのかもしれない。

「実は絵を見せてもらう約束をしていたんです」

「絵を見せてもらう約束？　染谷くんに？」

「はい」

疑うような目を向けてられてしまう。染谷くんは私の横までやってくると、「三年の板橋《いたばし》先輩だよ」と教えてくれた。

染谷くんの話によると彼女は絵を描くことに熱心な生徒らしく、染谷くんとも美術室で顔を合わせる機会が多かったそうだ。

「染谷くんと仲いいの？」

「いい方だと思います」

咄嗟に仲がいいなんて言ってしまったけれど、ラムネ瓶の絵が完成したら見せてくれる約束をしていたのは本当だ。

「……そうなんだ」

板橋先輩の視線は厳しく、上から下まで私を見てくる。私と染谷くんの仲がいいようには思えないとでも言いたげだ。

「私、染谷くんと同じクラスの中村といいます。染谷くんの絵が好きで、ときどき話をしていたんです」

「……染谷くんの絵はこっちの部屋には置いていないよ」

帰ってほしそうな雰囲気を察してはいるものの、引き下がるわけにもいかない。

「どこにありますか？」

「隣の準備室」

「見てきてもいいですか」

板橋先輩はため息交じりに立ち上がる。どうやら案内してくれるようだ。ついていくと、黒板の横にあるドアを開いて中へと促された。どうやらここが準備室らしい。

美術室よりも埃っぽい室内に置かれた棚には、様々な画材が溢れんばかりに収納されている。あまりに乱雑なのでぶつかってしまわないように気をつけながら足を進めていく。奥の方にある銀色の棚には、キャンバスが整頓された状態で仕舞われていた。

「染谷くんの絵はこの辺」

板橋先輩が指をさした場所から丁寧にキャンバスを抜き取る。そこにはたくさんのガラス玉の入ったグラスが描かれていた。

ガラス玉の中に映っているのは、青空や茜色《あかねいろ》の空、曇天の空だ。

指先でなぞったら壊れてしまいそうなくらい繊細に見える絵は目を奪われるほどの透明感のある美しさだった。

やっぱり私は、染谷くんの絵が好きだ。

美術部の生徒の作品は時々廊下に貼り出されるので、こっそりと染谷くんの絵を見に通っていた。染谷くんはいつも透明なものを描いていて、光の表現や透き通ったガラスを表す色づかいに心を鷲掴《わしづか》みにされていたのだ。

「中村さん。板橋先輩に〝最近描いていた絵〟のことを聞いてみて」

染谷くんは不安げな表情で部屋の中を見回しているので、重要なことなのかもしれない。

眉間に皺《しわ》を寄せながら機嫌が悪そうな板橋先輩に、染谷くんが最近描いていた絵について聞いてみると先輩が肩をびくりと跳ねさせた。

あまりの過剰反応におかしいと思い、じっと板橋先輩を見つめていると、ぎこちない様子で私に背を向ける。

「……染谷くんからなにか聞いていた？」

「え、なにかって」

「部活のことで悩んでいたり、私のこともなにか言っていなかった？」

板橋先輩には仲がいいと話してしまった以上、わかりませんとは即答しにくい。

こんなことを聞いてくるということは、染谷くんは部活でなにかあったのだろうか。

「同じクラスなのよね？」

「そうです」

「飛び降りた日は教室で話をしたりした？　していたのなら、なにを聞いたのか教えてほしいの」

声に落ち着きがなく、微《かす》かに震えている。知りたいというよりも、私が〝なにを〟知っているのかを聞こうとしているみたいだ。

「どうしてそんなこと聞いてくるんですか」

染谷くんは飛び降りたのではなく、階段から落ちて意識不明になっている。それなのにこの人は染谷くんが自ら飛び降りたと思い込んでいるようだ。

「中村さん。こう聞いてみて――」

その言葉に戸惑ったものの、彼にも考えがあるようだった。私は言われた通りに発言する。

「〝後ろめたいことでもあるんですか〟」

「っ、わ、私は！」

咄嗟にこちらへ顔を向けた板橋先輩と目が合う。するとすぐに視線を泳がせて、当惑の色を見せる。彼女の様子と染谷くんの言葉から、嫌な予感がする。彼が九月を忘れたのは美術室でのことが原因なのだろうか。

「板橋先輩、染谷くんになにをしたんですか」

目に今にも溢れ出しそうなほどの涙を溜めて、板橋先輩が声を荒げながら詰め寄ってくる。

「私のせい？　私があんなことをしてしまったから、染谷くんは飛び降りてしまったの？　ねえ、貴方はなにをどこまで知っているの⁉」

「落ち着いてください。あんなことって、一体なにがあったんですか」

濡れた黒い瞳が、悲しげに揺れた。睫毛《まつげ》が上下すると、彼女のカーディガンにいくつもの染みができていく。

躊躇いがちに俯いたあと、板橋先輩は物が投げ入れられたカゴをずらす。その奥に隠されるように置いてあったものを抱えると、こちらへ持ってきた。黒い布に覆われたそれは一メートルほどの高さで、先ほど板橋先輩が絵を描いていたキャンバスと同じくらいだ。

「……これ」

板橋先輩は震える手で指を差す。濡れた睫毛の隙間から見える双眸《そうぼう》が私に布を外してくれと促している。この中身がキャンバスであることは予想がつくけれど、なにが待ち受けているのかはわからない。

おそるおそる布に手をかけて捲る。現れたものを見て息を呑んだ。

「なんでこんなこと」

キャンバスの状態に、私は言葉を詰まらせる。

引き裂かれ、拳が入りそうなほどの穴が開いていた。破けているところが反って丸まり、向こう側が見えている。捲《まく》れている部分に手で触れて戻してみると、絵の全体像が見えて目を見張った。

「この絵って……」

ラムネ瓶の絵だ。クロッキー帳の鉛筆描きとは雰囲気がだいぶ異なっているけれど、間違いない。

染谷くんは春の日に見せてくれたあの絵をキャンバスに描いていたのだ。完成間近に見えるのに、どうしてこんな無残な姿になってしまったのだろう。

「こんな状態になっている理由を先輩は知っているんですか？」

「それは、その、事故で」

「わざとじゃないの！　本当に……荷物を運んでいたら躓《つまず》いてぶつかってしまったの」

故意でやったわけではないと懸命に首を横に振り、罪はないのだと訴えてくる板橋先輩をすぐ近くにいる染谷くんは悲しげに見つめている。

その表情から、彼女と染谷くんの間には別のなにかがある気がしてしまう。

「板橋先輩。他にもなにか隠していることはありませんか。染谷くんとなにかあったんじゃないですか」

「なにか、って」

私の問いに板橋先輩の瞳が大きく揺れた。

「話してください」

「だ、だって」

そう呟《つぶや》いてから下唇を噛みしめると、板橋先輩が引き裂かれた絵に視線を向ける。

悔いていたのが嘘のように絵を忌々しげに睨みつけた。

「入賞もできないくせに」

「え？」

「染谷くんなんていっつも入賞できなくて、結果を残せていないくせに。なのに先生にだけは褒められていて」

毒を孕《はら》んだ言葉が、次々と溢れ出てくる。それは止まることなく滲むように感情を浸食していく。

「私は賞も取ってるのに酷評されるし、なんで先生はアイツばっかり。だから……っ、嫌いだったの」

偽りのない正直な言葉はなんて残酷で無慈悲で冷たいのだろう。透明だった水が一気に黒に染められてしまうようだった。

「意地悪しちゃって後悔したこともある。でも本人は全く気にしていない様子だったし、私のことだって自分より下手だって内心馬鹿にしてた」

「やっぱり俺に嫌がらせをしていたのは、先輩だったんですね」

染谷くんは表情を曇らせ、目には陰鬱な影が落ちる。自分に嫌がらせをしていた犯人に薄々勘づいていたようだ。嫉妬が渦巻いたこの環境で、彼がどれほど窮屈な思いをしていたのか私には想像がつかない。だから、最近描いた絵が見当たらなくて、ひょっとしたらなにかされたのかもしれないと不安になったのだろう。

「だけど板橋先輩は、自分のせいで染谷くんが飛び降りたんじゃないかって怯《おび》えていましたよね」

妬ましく思っていても、自分が染谷くんが追い詰めていたのかもしれないと考えて怖くなったのだろう。

「卑《ひ》怯《きょう》なことをしてしまったのは反省してる。信じてもらえないかもしれないけれど、絵のことはわざとじゃないの。……ごめんなさい」

板橋先輩が頭を下げたのは、私に向かってだった。妙な苛立ちが私の内側にふつふつと湧き上がる。彼女の横顔を染谷くんは口を開かずに、ただじっと見据えていて、それすらも私の内側を熱く煮えさせた。

「謝る相手は私ではないですよね」

板橋先輩がきちんと償うべき相手は染谷くんだ。

たとえ、絵を破いてしまったことが悪意からでなくても、嫌がらせをした事実がある。私には具体的な内容はわからないけれど、染谷くん本人も嫌がらせと認識しているのだから目に見えてわかる悪意だったのかもしれない。

「わざとではなくても同じ絵を描く人間なら、したことの重みをわかっているんじゃないですか」

作品を仕上げるために、彼はきっとたくさんの時間を使っている。完成間近と見られるこの絵は、あと一歩のところで無残な姿にされてしまったのだ。霊体になる前の染谷くんは、引き裂かれた絵を見てしまったのだろうか。

「最低なことをしたって取り返しのつかないことをしたってわかってる。翌日の部活でちゃんと謝ろうと思ってた。それでも私がここに来たときには、いつもいるはずの染谷くんがいなかったの」

「それっていつの話ですか？」

「……染谷くんが飛び降りた日」

放課後に美術室いるはずの染谷くんが、ここにいなかった理由は何故だろう。そして、どうしてその日に限って、八月までの染谷くんの記憶では一度も行ったことのないはずの非常階段にいたのだろうか。

「板橋先輩は自分が染谷くんの絵を切り裂いたせいで、飛び降りたと思ったんですか」

「それは……他にも私が嫌がらせをして追い詰めていたから、そういうのも原因なのかと思って」

もしも染谷くんが、あの日この絵を見てしまっているのだとしたら、絵を描くことに真剣に打ち込んでいた彼の心を蝕むくらいの衝撃はあっただろうけれど。

万が一、染谷くんが誰かに突き落とされたのだとしても、自分が破いてしまったことが原因なのではないかと怯えているこの人は犯人ではなさそうだ。

「染谷くんは自分から飛び降りたわけではないと思います」

嫌がらせをしていた板橋先輩を許せるわけではないけれど、話せる範囲で知っている情報を伝えることにした。

「そう、なの？」

本気で死ぬ気だったのなら、飛び降りる場所は階段ではなく手すりを超えた先にあるコンクリートだ。

安堵《あんど》したように板橋先輩の瞳にわずかに光が戻ったように見える。

「けれど、板橋先輩がした最低なことは消えてなくなりません」

「……わかってる」

「染谷くんが目覚めたら、きちんと本人に償ってください」

部外者の私に言えるのはこのくらいだった。本当はひどく腹が立ったけれど、私が口を挟むべきではないことはわかっている。

板橋先輩に少しこの部屋にいたいと告げて、ひとりにしてもらった。ドアが閉まったのを確認して、近くに立っている彼の様子をうかがう。

「染谷くんは怒らないの？」

先ほどから彼は取り乱していない。大事な絵を破かれて傷ついたはずなのに、ただそれを受け入れているようだった。

「もういいよ。板橋先輩の言う通り、どうせ入賞なんてできっこなかったし」

自嘲気味な微笑みは諦めているようにも、投げやりのようにも見える。彼がなににに傷ついているのか、なにに拘《こだわ》っているのかを察してしまい破れた絵を指先でなぞった。

「なんで俺はダメなんだろうって何度も思ったよ。板橋先輩のことだって馬鹿になんてしてなかった。むしろ俺の方が妬んでたよ」

努力を繰り返して、必死に挑んで粘って苦しんで。それで出来上がったものはきっと自分の一部のように大切で、それを誰かに認められたい。受け入れてもらいたい。心に残って欲しい。

たった一日でもいい。数時間でも数分でもいい。誰かの心に残ったのなら、それは幸せなことなのだ。

――たとえ、才能がないと誰かに言われたとしても。

いくら情熱を注いでも、賞をもらえない自分は価値がない気がして、どんどん自信を失っていく。

続けていくのが次第に辛くなり、結果が出せない自分に失望して、悔しくて情けなくて心が弱ってしまう。

昨年末の自分を思い出して、胃の辺りが鈍く痛んだ。私にとっては、もう終わったことだというのに、染谷くんと自分を重ねてしまう。

「でも少しくらいは夢を見てたんだ。もしかしたらいつか誰かの目にとまって、賞をもらえるチャンスがあるかもって。それにこんなかたちで中村さんに見せたくなかったな」

その言葉に視線を上げると、申し訳なさそうにしている染谷くんと目が合う。私との約束なんて些細《ささい》なことで、忘れられているかと思っていた。

「約束、覚えててくれたの？」

「あの約束があったから、描こうって思えたんだよ。中村さんが見たいって言ってくれたから嬉しくて」

この絵が完成したら一番に見せてくれるという約束。完成させる前に、破けてしまったけれど、染谷くんが忘れないでいてくれたことが嬉しい。

「……でも大きな穴も開いてるし、この絵は諦めるよ」

「諦めるって、捨てるってこと？」

「そうだね。このまま残しても仕方ないから」

咄嗟に手が動き、壁に立てかけられているイーゼルを組み立てる。破かれたキャンバスを反対側に向けて載せた。

「中村さん？」

「それなら、私にちょうだい」

「いいけど、でも……こんな絵もらっても邪魔なだけじゃない？」

すぐ横にある棚の奥の方からセロハンテープを発掘して、勢いよくテープの端っこを引っ張って、ギザギザと尖《とが》った銀色の部分でそれを千切る。

「え、なにする気？」

「直すの！」

子どもじみた発想でしかない直し方だというのはわかっている。けれど、私は絵の裏側にセロハンテープを貼っていく。

「無理だよ。こんなに破けてるし……」

「だって染谷くんが時間をかけて描いていた絵なのに」

私にはきっと染谷くんの想いを完璧に理解なんてできないだろう。けれど、それでもこの絵をなかったことになんてしたくない。

「全部、無駄だったんだよ。だから破けたんだ」

「染谷くんの絵は、無駄なんかじゃないよ」

元通りにするのは難しくて歪《いびつ》だったとしても、裏側に貼ったセロハンテープがキャンバスを繋いでくれている。表面に戻すと、現れたのは繊細なタッチで描かれたラムネ瓶。私と彼の約束の絵だ。

「こんなに綺麗な世界を描けるなんて染谷くんの手は魔法みたいだね」

見せつけるように修復した絵を抱えて微笑むと、染谷くんは今にも泣き出しそうな子どもみたいな表情を浮かべている。

「大袈裟《おおげさ》だよ」

「そんなことないよ。絵が描けない私にとってはそれくらいすごいことなんだよ」

染谷くんの目には世界はどんな風に映っているのだろう。

色を知らない私には青は青でしかないけれど、絵を描く彼にとっては青の中にも無数の種類が存在していて、だからこそ、重なって隣り合って色づいてく些細な色の違いをこうして描けるのかもしれない。

「……そうだ。思い出した。あの日結果待ちだったコンテストに落選したのを知ったあとに、この絵が破れているのを見たんだ」

伸ばした染谷くんの指先はキャンバスをすり抜けていく。

触れられないもどかしさを感じているのか、指をぎゅっと丸めた。

「ショックだった。でも、なんとなく俺に嫌がらせをしているのが板橋先輩だって気づいていたから、きっとこれもそうなんだって思っていたんだ」

彼の話によると板橋先輩は部の中でも飛び抜けて絵が上手いらしく、コンテストでも賞を取ることが何度かあったそうだ。

対して染谷くんは全てのコンテストに落ちていたけれど、先生には褒められることが多かったらしい。

そのことを板橋先輩がおもしろく思っていなかったのを、染谷くんは態度や視線から察していた。

物を隠されたり壊されたり、小さな嫌がらせが始まり、わざとらしく嫌味を言われることも多々あったらしい。

『賞が取れない絵なんて、無価値で無意味』

そう何度も言われるたびに気にしてはいけないと思いつつも、彼の心を蝕んでいった。あの日もここへ寄ったときに破かれたキャンバスを見て、愕然《がくぜん》として心が折れそうになり、そのまま家に帰ろうとしていたらしい。

「描いていた時間は無駄になってしまったって思ったけど、こうして中村さんになおしてもらえたこの絵は幸せな絵だ」

「破かれちゃっているのに？」

「うん。俺ひとりだったら、きっと諦めて捨ててた。中村さんのおかげで、こうしてなおしてもらえて、綺麗って言ってもらえた。それだけで、俺の絵は救われたよ」

染谷くんこそ大袈裟だ。私はセロハンテープを貼っただけで、この絵を元に戻す技術もない。染谷くんが描いた素敵な絵を褒める言葉も持ち合わせていない。

「中村さん、この絵をあげるのは完成させてからでもいい？」

「続き描いてくれるの？」

「元の体に戻ったら、続きを描こうと思う。もう少しで完成だから」

楽しみな約束が再びできて、私は顔を綻ばせる。キャンバスに描かれた絵をもう一度眺めながら、指先でそっとなぞった。

「染谷くんの絵って透明感があって綺麗だよね」

ラムネ瓶の中には不思議な世界が閉じ込められている。

瓶の上の方には青空を泳ぐ金魚と向日葵《ひまわり》を閉じ込めたガラス玉。

炭酸の雨粒が瓶の底の星々と花火が散りばめられた夜空から浮上していく。しゅわしゅわと弾ける夏の世界に心を奪われる。

「透き通ったものが好きなんだ。それでそういう雰囲気の絵になるのかも」

美術部の廊下に飾られていた染谷くんの絵にはガラス製のものや、空が映り込んだ水面などがあった。思わず立ち止まって見入ってしまうほどで、私は新しい絵が飾られるのをいつも心待ちにしていたのだ。

「ラムネって懐かしい。小さい頃はよく飲んでたなぁ」

不思議な世界がラムネ瓶の中に閉じ込められていても、透明感がちゃんとあって青の淡い光のラインは繊細で、触れれば冷たいガラスの感触がありそうに見える。

「この中に俺の好きなものを詰めたんだ」

「好きなもの？」

「黒く汚れずに色褪せない、好きなものを閉じ込めたラムネ瓶の中で幸せに浸れる」

ラムネ瓶の中の世界に向けている染谷くんの瞳から感じられるのは羨望だった。

好きなものだけを集めて、幸せな夢の中のような世界を描いていたのは——染谷くんにとって、黒く汚れて色褪せたなにかが現実であったからだろうか。

不意に動かした手が染谷くんの腕をすり抜けた。近くにあっても、今の彼には触れることができない。染谷くんが寂しげに目を伏せた。

「けど、きっと俺の表現の仕方じゃダメなんだ。だから結果が残せない」

「まだダメかどうかはわからないよ」

「俺には足りてないものが多過ぎるんだと思う」

努力をしていれば、必ずしも結果がついてくるわけではないことを私も知っている。それでも続けなければ、結果すら出ないことも痛いほどわかっていた。

昨年まで私はピアノを頑張っていたが、プロになりたかったわけではなかった。ピアノを始めた頃はただ弾くのが楽しいという感情だけだったのだ。

けれど、周りの大人たちは私を評価した。お店に並ぶ商品のように生徒に価値をつけて、才能があるかないかで判断する。ピアノ教室の先生は、私の学年が上がるごとに技術の向上とコンクールへの参加を義務づけてきた。

評価されるのが嫌であれば、コンクールに出なければいい。でも賞は、もらってみたい。そんな欲が私を突き動かしていた。

けれど、あるとき私よりも年下の女の子が〝才能〟があると周囲から騒がれ始めた。それから私はよくその子と比べられるようになった。コンクールに出場し、私が落選して、彼女が入賞すれば〝やっぱり〟と囁かれた。

『朱莉ちゃんは下手ではないけれど、〝普通〟なのよね。だから、努力しても才能には結局勝てないわ』

ピアノ教室の先生の言葉が今も私の中に苦味と共に残り続けている。

私はいつも中途半端な結果しか出せなくて、その他大勢のひとりだった。周りの言葉に左右されて落ち込んで、ピアノを弾くのが怖くなった。

だから、絵にまっすぐな姿勢で挑んでいる染谷くんは私には遠い存在に思えて、キラキラと輝いているように見えて憧れた。

「染谷くんの描く世界が好きな人だっているよ」

「そうかな」

「いるじゃん！　ここに」

自分を指差して歯を見せて笑いかけると、染谷くんは無表情のまま動かなくなってしまった。たっぷり数秒瞬きを繰り返してから、恐る恐るといった様子で染谷くんが訊《き》いてくる。

「本当に俺の絵、好きなの？」

どうやらお世辞だと疑っているようで、まるで警戒心の強い子どもみたいだ。私は大きく頷いてみせた。

「そうだよ。私は染谷くんの描く世界が好き。美術室の廊下に飾られている絵だって、何度も見に通ったよ！」

「え……そうなの？」

信じられないとでも言いたげに、目を丸くされてしまう。

「染谷くんの絵は私の心に残って、影響を与えてくれているんだよ」

「……ありがとう。そんな風に言ってもらえてすごく幸せだ」

ちょっとだけ照れくさそうで、ほんのりと鼻を赤くして泣きそうになるのを我慢しているような彼は儚《はかな》げで、今にも消えてしまいそうだった。

＊＊＊

その日の夜、リビングのソファに座りながら携帯電話の画面に映るカレンダーをじっと見つめる。

九月に一体なにがあったのだろう。特に行事もなく、クラスでの揉《も》め事《ごと》もなかったはずだ。

絵が破けていたことは染谷くんに衝撃を与えたようだけれど、そのまま帰ろうとしていたと言っていた。板橋先輩のことが直接的な原因ではないのであれば、他にまだなにかあるのだろうか。

　帰ろうとしていた染谷くんが、わざわざ非常階段へ行ったのは何故だろう。気分転換か、それとも別の理由があるのか、帰り道で本人に聞いてみたけれど、思い出せないと言っていた。

「おねーちゃんさ、最近なにかあった？」

　振り返ると、お風呂上がりの燈架がタオルで髪を拭きながら立っていた。

「え、なんで？」

「んー、なんかいつもと違う気がする」

　どのあたりが違うのかわからず、考えてみるけれど思い当たらない。冷凍庫からアイスを取り出してこちらへ戻ってきた燈架は、床に胡座《あぐら》をかいてにやりと笑ってくる。

「いやー、てっきり彼氏でもできたのかなって」

「は⁉」

「その様子だと違うのかぁ」

　私とは違って、恥ずかしがることなく恋愛話をしてくるところが燈架らしい。

　アイスの袋を開けて、しゃくしゃくと音を立てながら食べている燈架に「どうしてそう思ったの？」と聞いてみた。

「あんまり部屋から出てこないし、彼氏でもできて電話とかしてるのかなーって。それに今、珍しくカレンダー見てたし」

「そんなんじゃないよ」

部屋にいたのは染谷くんがいるからで、カレンダーも染谷くんの失った九月のことを考えていただけだ。今は染谷くんが部屋にいないから、なんとなくリビングに来た。きっと染谷くんはベランダにいるのだろう。

「でも好きな人いるでしょ」

「え、なんで」

「なんとなくそんな感じがするから」

普段私から恋愛話など一切したことがないはずなのに、勘づかれてしまうということは、そんなにわかりやすいのだろうか。

アイスをあっという間に食べ終わった燈架は、残った棒をくわえながら探るように私の顔を覗き込んでくる。

「顔赤いよ、おねーちゃん」

「燈架が変なこと聞くから！」

「やっぱりいるんじゃん！」

ここに染谷くんがいなくてよかったと心底思う。聞かれていたら恥ずかしかし過ぎて、まともに話ができなくなりそうだ。

「燈架こそ、いないの？」

「私は、こないだ振られた」

「え、そうなの？」

恋愛話に不慣れな私は、失恋という繊細な問題にどう反応をしたらいいのか少し戸惑う。

「部活引退しちゃうから会う機会減るし、今言わないとって思って」

「引退ってことは、先輩なの？」

「そうそう」

その先輩とは家が同じ方面なので、よく一緒に帰っていたのだという。それでしだいに意識するようになったらしい。

「まあ、ダメなことくらい知ってたんだけどね。先輩、マネージャーが好きっぽかったし」

「……それなのに告白したの？」

私の質問に燈架はきょとんとした様子で首を傾げた。

「だって、好きだったし。三年生引退だから、関わりなくなっちゃうじゃん」

振られるとわかっていて、それでも可能性のない告白をする勇気は私にはない。私が燈架なら自分の想いを閉じ込めてしまいそうだ。

「相手に好きな人がいるのに伝えるのって怖くなかった？」

「うーん、そりゃ玉砕覚悟だから傷つくことはわかってたけど、あのとき告白しておけばよかったっていつか後悔したくないし」

「燈架……すごいね」

「いやぁ、当たって砕けたけどね」

私もいつか染谷くんに伝えられるだろうか。告白をして、彼からの返事を聞くことを想像してみる。

「ただの自己満足なんだけど、好きって気持ちをなかったことにしたくなかったんだよね」

悔いのなさそうな晴れ晴れとした表情だった。燈架の言う通りだ。私も好きって気持ちをなかったことにしたくない。

染谷くんに恋をしてからは、とても大切で宝物みたいで、好きになった日のことは今でも鮮明に覚えている。

「私もがんばろう、かな」

ぽつりとこぼした私の言葉に、燈架が一瞬驚いたように目を丸くしたけれど、すぐに笑顔になった。

「がんばれ、おねーちゃん」

いつかこの気持ちを、自分の言葉で彼に伝えたい。そのためには染谷くんが九月の記憶を思い出して元の体に戻れるように、私にできることをしていきたい。

部屋に戻ってベランダを覗くと、染谷くんがぼんやりと遠くを眺めていた。

「どうしたの？　風邪ひいちゃうよ」

染谷くんの柔らかく澄んだ声は、何度聞いても好きだと感じる。

「今日はあったかいから大丈夫だよ。風もないし」

「そっか。それならよかった」

こうして隣に並ぶだけで心臓が忙《せわ》しなくなり、頬が熱くなっていく。緊張しているのは、きっと私だけだ。染谷くんは今なにを考えているのだろう。

世の中の人たちがどうやって恋を叶えていくのか、私には未知だった。

私が染谷くんのことを好きだと気づいたら、彼はどんな反応をするのだろう。

「染谷くん」

「ん？」

名前を呼ぶと口角を上げて、少しだけ首を傾ける仕草をされる。

「どうしたの？」

見惚れてしまって言葉が出てこなかったのを、慌てて誤魔化すように笑いながら空を指差す。

「星！　綺麗だね」

「本当だ。案外星見えるんだね」

「染谷くんは空がガラスとか水面に映り込んでいる絵を描いてることが多いけど、空好きなの？」

「空は好きだけど、今までは夜に空を見ることってあまりなかったな」

私も同じだ。こうしてベランダに出て夜空を眺めることなんてなかった。

空に塗られた藍色の中で星々が淡い輝きを放って瞬いている。決して満天の星空ではないけれど、染谷くんが隣にいるというだけで特別なものに感じた。

「あの破かれた絵を見たとき、記憶がないはずなのに俺の絵だってすぐにわかったんだ。まだ不思議な感じだけど、九月の俺は絵を諦めずに描いていたんだね」

私も染谷くんは普段通り教室で絵を描いていたのを目撃していた。だから、九月中も絵を描いていたことは間違いない。

「それに爪も短いし」

「え、爪？」

染谷くんが短めに切《き》り揃《そろ》えられた爪を見せてくれる。指が細くてしなやかだけれど、私よりも大きな手だ。

「絵を描くとき、消しカスとか絵具《えのぐ》が爪に入ることが多いからこまめに切るようにしてるんだ」

「そういうところにも気を使うんだね」

「他の人はどうなのかわからないけど、気になるから切っておくほうがいいなって思ってさ」

絵を描くための染谷くんの手は、今はもう鉛筆にも筆にも触れることが叶わない。

「中村さん？　ぼーっとしてるけど、どうかした？」

「え、あ……手、大きいなって思って！」

我に返り、笑みを浮かべる。じっと手を見過ぎてしまったようだ。すると、手すりに置いていた私の手に染谷くんが視線を向ける。

「中村さんの手は小さいね」

「そうかな」

「うん。女の子の手だ」

心臓の鼓動が速くなっていく。躊躇いながらも、自分の手を染谷くんの手と触れるか触れないかの距離に近づける。指先をほんの少し曲げると私の手はすり抜けていった。

ぎこちなく視線が交わる。会話が途切れてしまった。

「中村さん、そろそろ戻らないと風邪ひいちゃうよ」

小さく頷き、おやすみと告げてベランダから逃げるように室内に入る。

顔が熱い。透明な彼の手に触れた指先をぎゅっと握りしめた。

窮屈に色褪せた彼の日々

翌朝、昇降口で上履きに履き替えていると、下駄箱近くに立っている男子生徒がじっとこちらを見ていることに気がついた。

偶然かと思い、通り過ぎようとしたけれど、視線を逸らしては再び視線を向けてくる。口を開閉させて、なにか言いたそうにしているように思えて、声をかけてみることにした。

「えっと……なにか用かな？」

「あ、あの、すみません」

黒ブチのメガネをかけていて、制服もきっちりと着こなしている。見覚えのない男子生徒だ。

「昨日美術部に来ていましたよね」

〝美術部〟という単語に近くにいる染谷くんに視線を流す。彼は「ほとんど話したことないけど、美術部の後輩」と教えてくれた。

「それがどうかした？」

「ちょっと話、いいですか？」

「え、うん。大丈夫だけど」

人の邪魔にならないように、廊下の端のほうにずれて男子生徒と向かい合う。

どんな話をされるのか予想ができない。昨日美術室にいたことを知っているという
ことは、染谷くん関連で声をかけてきたのだろうか。

気まずそうに言葉を溜めてから、彼は口を開いた。

「昨日、板橋先輩と話していたのを聞いてしまいました。勝手に立ち聞きして、すみ
ません。もしかして、染谷先輩になにがあったのか探ってるんですか？」

その表情は強張っていて、私の顔色をうかがっているように見える。

話すか話すまいか悩んだけれど、同じ美術部である彼は染谷くんの九月の記憶に関
して、なにか大事なことを知っているかもしれない。

「美術部で染谷くんになにがあったのか知りたくて、聞きに行ったの」

「……そうですか」

「どうしてそんなこと聞いてくるの？」

男子生徒は悔いるように下唇を噛みしめ、微かに震えている手のひらを握りしめて
いる。そして弱々しい声で答えた。

「実は事故の日、美術部から出てきた染谷先輩とすれ違って」

「そのときのこと詳しく教えて！」

一歩距離を詰め、語気を荒らげて懇願する。そんな私の迫力に男子生徒は気圧《けお》された様子で、視線を彷徨わせた。

「えっと、その」

破られた絵を見たあとの染谷くんになにがあったのかまだ謎のままだ。もしかしたら、なにか手がかりが摑めるかもしれない。

「帰ろうとしていたみたいで、多分昇降口に向かっていたんだと思います」

「……昇降口」

「すごく思いつめている感じで顔色も真っ青でしたし、俺とすれ違ったことすら気づいていなさそうでした。なにかあったんだろうなって思ったんですけど、板橋先輩関連だったら面倒だからって声をかけませんでした」

あの日、大事な絵が破られていたことを知り、出していたコンテストにも通らなかった。ショックを受けていた染谷くんは、後輩の姿にも気づかなかったのだろうか。

「絵を破いてしまったのが板橋先輩だと話しているのを聞いて、染谷先輩があんな顔をしていた理由がわかって、声をかければよかったって後悔しました」

取り返しのつかないことをしてしまったかのように青ざめている彼は、まるで染谷くんが自分から飛び降りたかのような口ぶりだ。

そのような噂もたっているから、鵜呑《うの》みにしているのかもしれない。

「染谷くんは死のうとしたわけではないと思うよ」

染谷くんが九月の記憶を失っているから、真実はわからないけれど、自殺であればもっと違う方法をとっているはずだ。ただ染谷くんが追い詰められていたことには間違いない。

「昨日の話を聞いたので、それはわかっています。けど、絵を破かれていたことだけじゃなくて、板橋先輩の嫌がらせを見て見ぬふりをしていたことにも後悔してます」

彼は板橋先輩が染谷くんに嫌がらせをしていることに気づきながら、関わりたくなくて知らないフリをしていたそうだ。

今になってその罪悪感に押しつぶされそうになっているのかもしれない。

私個人の気持ちとしては嫌がらせを止めてほしかったと叱責したい気持ちになる。けれど、染谷くんは申し訳なさそうな表情で目を伏せて、消えそうな声で呟いた。

「……そんなこと気にしなくていいのに」

彼のことを染谷くんは責める気などないのだろう。

「板橋先輩はあんなこと言ってましたけど、多分いつか染谷先輩が賞を取って自分を追い抜くかもって怖かったんだと思います」

その焦りや恐れが、板橋先輩を苛んでいたのかもしれない。許せることではないけれど、それは染谷くんの実力を心のどこかで認めていたのと同じだ。

「特にガラスの絵は、本当にそこに存在しているかのようで、触れたら冷たさを感じるんじゃないかって思うほどでした」

男子生徒の表情がほんの一瞬柔らかくなり、思い出すように言った。

「俺、染谷先輩が描く作品が好きだったんです」

その言葉を聞いた染谷くんは目を丸くして、すぐに照れくさそうに微笑む。

「私もだよ」

本人が気づいていないだけで、染谷くんの絵を好きな人はいる。たとえそのとき応募した賞に選ばれなくても、価値がないというわけではない。

誰かの心に残る世界を染谷くんは描いていた。それはとても尊いことで、誰にでもできることではない。

「話してくれてありがとう」

「いえ。俺の方こそ急にすみませんでした」

男子生徒が深々と頭を下げる。そして顔を上げると、先ほどよりも少し顔色がよくなっているように感じた。きっと彼は自分を責め続けていて、誰かに吐露したかったのかもしれない。

「先輩は、染谷先輩の彼女ですよね？」

唐突な質問に心臓が飛び跳ねるような感覚がした。私のすぐ後ろに染谷くんがいるから、変な反応はできない。

「彼女ではない、よ」

「え？　じゃあ、なんで染谷先輩のこと……あ、いや、すみません」

おそらく彼に自分の想いを察せられた気がして、誤魔化すように苦笑する。

「じゃあ、私行くね」

男子生徒に軽く手を振って、階段を上りながら考える。

染谷くん自身も絵が破けているのを見て家に帰ろうと思ったと言っていたので、美術室を出て昇降口へ向かったのは間違いなさそうだ。問題なのは昇降口から非常階段へ行くことになった理由だ。

彼が抱えていたものがわかれば幽体離脱した染谷くんは元の体に戻れるかもしれない。そのためには記憶をひとつひとつ手繰り寄せていく必要がある。

板橋先輩との件のように染谷くんにとって辛い記憶ばかりかもしれない。それでも、彼は思い出すことを望むのだろうか。

「……中村さん、さっきの誤解されているかもしれないよ」

「大丈夫だよ」

手を口元に当てて、周囲に気づかれないようにそっと答えた。

「でも中村さんが困ることになるよ」

誤解ではないため、否定はしたくなかった。けれど今それを染谷くんに知られるわけにもいかないので、なんてことのないように返す。

「大丈夫だよ。気にしないで」

それよりも今は確認しなければならない。

「あのさ、染谷くん。記憶を取り戻して元の体に戻りたいって今でも思う?」

「……どうして?」

「きっと消えてしまった記憶は、いいことばかりじゃないと思うんだ」

消えた記憶は、消したかった記憶かもしれない。板橋先輩の件があって、そう思った。幽霊の染谷くんに九月の記憶だけがないのは、この一ヶ月で彼にとって辛いことがあった可能性がある。

「そうかもしれないね」

私から言い出してしまったことだけど、最終的に決めるのは染谷くんだ。元の体に戻ってほしい。けれど、思い出したくないというのであれば、無理強いをしたくはない。

「でも元の体に戻って、もう一度絵を描きたい。そのために九月の記憶を取り戻さないといけないなら、たとえ辛いことがあったとしても思い出したいんだ」

私の中の迷いが溶けるように消えていく。そうだ。染谷くんは、いつも真剣に絵と向き合っている人だった。きっと彼の日常には絵が中心にあって、幽霊になってもそれは変わらず、鉛筆や絵の具に触れることができないもどかしさをずっと感じていたはずだ。

「それに元の体に戻って、中村さんと話がしたい」

「私と？」

「うん。前まであまり話したことなかったしさ。こんな体になってから、やりたいことがいろいろと思い浮かぶようになったんだ」

私の半歩先を染谷くんが進んでいく。躊躇しながらもそっと手を伸ばしてみると、やっぱりそこにはなにもないように、すり抜けていった。

染谷くんは、私が触れたことに気づいていないようだ。

近くにいるのに遠い。染谷くんが元の体に戻ることができたら、私たちの距離はどう変わるのだろう。


昼休みになり、いつものように私は宇野ちゃんと花音と三人で机をくっつけて昼食をとっていた。

「わ、また朱莉、それ食べてるの?」

宇野ちゃんがげんなりとした顔でシナモンロールを指差してくる。

「飽きない?」

「妹にもよく言われるけど、これだけは飽きないの」

最低でも毎週一度は食べているくらいだ。

リンゴのパックジュースを飲んでいた花音が、なにかを思い出したように「そうだ」と声を上げた。

「ねえ、朱莉。染谷くんって部活入ってたっけ?」

「う、えっ?」

急に染谷くんの話題を振られて、食べていたシナモンロールが喉に詰まりそうになった。砂糖衣が喉に張りついた感じがして顔を顰める。

「ちょっと、朱莉大丈夫？」

宇野ちゃんは、私が先ほど買ったばかりのペットボトルのお茶を渡してくれた。

「ごめ……ありがと」

そのお茶で喉を潤してから、少し気持ちを落ち着かせて花音を見やる。

「美術部に入っていたみたいだよ。それがどうかした？」

「染谷くんが事故に遭った日の放課後さ、昇降口あたりで話しているのを見かけたんだよねぇ。一緒にいた子は、靴のラインが一年生だった」

「え！」

おそらくは染谷くんが美術室に寄ったあとの話だ。破かれた絵を見て、ショックを受けた染谷くんは昇降口に向かっている様子だったと美術部の後輩が言っていた。非常階段に行く理由は、そのときにできたのかもしれない。

「確か〝お願い〟とか〝手伝って〟とか言われていたみたいけど、親しげだったから部活の後輩だったのかなって」

「それ早く言いなよ」と宇野ちゃんが呆れ気味に言うと、花音は眉根を寄せて不服そうに机に頬杖をつく。

「だってさ、事故なんでしょ？　別に重要なことには思えないし、すっかり忘れてたんだもん」

確かに事故なら、誰と約束していようがあまり重要ではないかもしれない。だけど、私は彼の失った九月の記憶を取り戻すためにあの日の彼の動きを知りたい。

事故の日が本当に記憶の鍵になっているのか確証はないけれど、実際に美術室でのことを知って染谷くんは記憶の一部を取り戻した。だから、きっとこれは無意味なことではないはずだ。

「話していた一年生の子ってどんな子だったの？」

「えーっと小柄な女の子で、長めの黒髪だった気がする。顔はあんまり覚えてないや」

その女の子が染谷くんとなにかを話して、非常階段へ行くきっかけができたのかもしれない。でもなんだか少し心が陰る。

染谷くんと親しげに話していたという一年生の女の子。私は今まで染谷くんが女の子と親しげに話しているのを見たことがなかった。それに一体なにをお願いしていたのだろう。

昼食を終えたあと、花音と宇野ちゃんがトイレで席を外したタイミングで立ち上がる。教室の窓から外を覗くふりをして、口元に手を当てながら傍にいる染谷くんにこっそりと聞いてみた。

「染谷くんって美術部の後輩で仲がよかった女の子っている？」

「いや、美術部の一年生で親しい子はいないよ」

「相談とかしてくる子も？」

「いないかな」

悩む素振りもなくあっさりと答えられてしまった。

どうやら親しげに話していたのは部活の後輩ではないらしい。それなら花音の見た後輩女子とは誰なのだろうか。

「今朝の一年生もあんまり話したことなかったし、部員とは必要以上の会話はしてないよ。少なくとも八月までの俺の記憶では」

「事故の日に昇降口で染谷くんが誰かと話していたみたいなんだけど、心当たりはない？」

「うーん、ごめん。美術室を出てからが、まるで濃い霧がかかっているみたいに全く思い出せないんだ」

「そっか」

思い出すきっかけはその後輩の子が握っているかもしれない。染谷くんと親しい女の子がいるかもしれないのは複雑だけど、当時の記憶を思い出すためにその子を探すしかない。

「ごめんね、俺のことで悩ませちゃって」

「ううん、気にしないで！　私が手伝いたいだけだから」

私にできることは限られているけれど、透明な彼の代わりに私ができることはやっていきたいのだ。

「あのさ、染谷くん」

美術部以外の一年女子で親しい子はいなかったかと聞こうとしたところで、背後から明るい声が響き渡った。

「朱莉──！」

花音と宇野ちゃんが戻ってきて、勢いよく後ろから抱きついてくる。私が窓から校庭を見ていると思ったらしく、「なに見てるのー？」と花音が身を乗り出す。

「あ、市川《いちかわ》くんだ！　かっこいいよねぇ」

「いやー、井浦《いうら》がかっこいいでしょ」

花音と宇野ちゃんは校庭にいる男子生徒を眺めながら、誰がイケメンだとかいう話で盛り上がっている。

染谷くんとの会話は途中で終わってしまい、気を使った様子の彼はふらりと宙に浮きながら遠ざかっていく。

待ってと引き止めることもできない。私にしか視えていない彼は、壁をすり抜けて空気に溶けるようにいなくなった。

＊＊＊

染谷くんの記憶を取り戻すために放課後は校内を散策しようかと思っていたけれど、予定が狂ってしまった。豊丘先生から突然呼び出されたのだ。

放課後の職員室は部活動で席を外している先生も多いようで人があまりいない。

滅多に入ることのないこの空間で、私は背筋を伸ばした。授業を終えた先生たちがたくさんいて、生徒の私には居心地が悪い。

宇野ちゃんと花音にはなにをやらかしたのだと哀れみの目を向けられ、「まあ頑張れ」と呼び出された理由もわからないまま慰められた。

陰鬱とした感情を抱えながら、叱られる覚悟で豊丘先生の隣に立つ。けれど、言われたのは予想外の一言だった。

「これから染谷の家に行くんだけど、中村も行くか？」

「えっ！　それって私も行っていいものなの？」

「お前が嫌なら俺ひとりで行くけど」

キャスター付きの灰色の椅子に座った豊丘先生は珍しくくたびれたジャージではなくスーツ姿だった。おそらくは家庭訪問のために着替えたのだろう。

私ひとりでは決断しかねるので、近くに立っている彼に視線を向けてこっそりと確認をしてみる。

彼は「俺は構わないよ」と言ってくれた。染谷くんの許可が下りたのであれば、私も彼の家に行きたい。なにか手がかりも見つかるかもしれない。

「行きます」

「わかった。あと十分くらいでここを出るからな」

「はーい。じゃあ、私廊下で待っていていい？　ここ落ち着かなくって」

「おー、準備終わったらすぐ行く」

息苦しかった職員室を出ると、強張っていた肩の力が抜けていく。

まさか豊丘先生と一緒に、染谷くんの家に行くことになるなんて思いもしなかった。

どうして私を誘ってくれたのだろう。

「中村さん」

声がした方に振り返ると、博田先生が立っていた。昨日叫んで止めに入ってしまったこともあり、なんだか気まずい。

立ち止まって私のことを見据えている博田先生は、なにか言いたげに唇を動かしたので身構える。言われるとしたら、昨日のことしか思い浮かばない。

「ごめんなさいね」

「へ？」

力の抜けた間抜けな声が漏れてしまう。てっきり染谷くんのためにクラスのみんなでなにかをしましょうと、説得でもされるかと思っていた。

「昨日、嫌な思いをさせてしまったわね」

膨らんだ風船が萎んでいくような脱力感を覚え、ただ呆然と立ち尽くす。

「昔、私が受け持っていたクラスでは入院した子がいたら、みんなで千羽鶴を折っていたのよ。だから、そうするのがいいって決めつけていたわ。押しつけてクラスの空気を悪くしてしまったわね」

私は博田先生のことを面倒な先生だと思っていた。一年の頃から行事などでスイッチが入ると熱くなる。一致団結という言葉に酔っているように感じられて、冷めた目で見ていたこともあった。

だけど、博田先生なりに染谷くんを心配して声を上げてくれたのだ。

「確かにちょっと強引だったと思います」

「……そうよね」

寂しげに眉を下げた博田先生は、小さく頷いた。

「先生、私たちは染谷くんのことどうでもいいなんて思っていません」

博田先生に悪気があったわけではない。けれど、私たちにとって博田先生の提案はしっくりこなかった。

「千羽鶴はやっぱり私たちからすると違うと思いますけど、私は自分にできることをしようって思っています」

「そう、わかったわ。もしも、私にできることがあればいつでも言ってね」

「ありがとうございます」

博田先生が微笑んで頷いた直後、職員室のドアが開いて豊丘先生が出てきた。

染谷くんの家に行くことを知っているようで博田先生は「いってらっしゃい」と私たちを見送ってくれた。

廊下を歩いていると、ふらりと染谷くんが私の横に立つ。そして他の人に声は聞こえないのに、右手を口元に添えて内緒話をするように顔を近づけてくる。

「博田先生ってちょっとやり方は無茶苦茶なときもあるけど、でもいい人だよね」

先を歩く豊丘先生にばれないように無言で頷く。近い距離に熱くなる頬を手の甲で冷やしながら、眩しそうに窓の外の青空を眺めている染谷くんを横目で見やる。

彼は至っていつもと変わらず、意識しているのは私だけなのだと、痛感してしまう。言動ひとつひとつにどれほど私の心を揺さぶる力があるのかを染谷くんは知らないのだ。

「ねえ、豊丘先生」

緩慢な動きで豊丘先生が振り返る。藍色のスーツ姿は見慣れず、別人のようだった。真っ白なワイシャツもきちんとしめられたネクタイも、普段の豊丘先生を知っていると似合わなくって笑ってしまいそうになる。

「どうして私を連れていってくれるの」

「クラスの代表なら、お前が適任だろ」

「えぇー……そうかなぁ」

どう見ても私は代表という柄ではない。むしろこの制服を着崩した姿で訪問してもいいのだろうか。

「スカート、下ろしておいた方がいい？」

「まあ、短過ぎない方がいいかもしれないけど。そこは任せる」

「じゃあ、少し長くしとこっと」

折っているスカートを一段だけ下げておいた。そんな私に苦笑いをすると豊丘先生は前を向いて再び歩き出す。おいていかれないようにとその背中を追っていく。

「それにさ、お前染谷のこと探ってるだろ」

「へ？　なんで」

何故そのことを知っているのかと戸惑いながら、豊丘先生の隣に駆け寄ると、細められた目が私を捉える。

「昨日、三年の板橋が美術部顧問に染谷の絵のことや嫌がらせをしていたことを正直に話したらしい」

「……そうなんだ」

「で、担任の俺に報告が来た。顧問が板橋になんで急に話す気になったのかと聞いたら、染谷のクラスメイトの女子に全て知られて叱られて、このまま黙っているのはダメだと思ったからと言っていたそうだ」

あのあと、板橋先輩は本当のことを先生に話しに行ったようだ。それでなかったことにできるわけではないけれど、これからは染谷くんにとって居心地の悪い環境ではなくなっていることを願う。

「その女子ってお前だろ」

「なんでそんなことわかるの」

「逆に中村以外思い浮かばなかったし。案外行動力あるから」

豊丘先生が見透かしたように笑う。普段はあまり先生らしくなく、生徒のこと見ていなさそうだと感じていた。けれど実はちゃんと見てくれているらしい。

「豊丘先生って先生なんだね」

気だるげでやる気がなく見えるけど、優しくて面倒見のいい先生だ。

「お前なぁ。俺のこと馬鹿にしてんだろ」

「してないよ。そんけーしてる」

「薄っぺらいこと言われても嬉しくねぇよ」

呆れる豊丘先生の隣を笑いながら私が歩く。そして、他の人にはそう見えていないけれど、私にはもうひとり楽しげに微笑んでいる彼が視えている。

きっと豊丘先生は、悩み事を話せば面倒くさがらずに聞いてくれるはずだ。染谷くんの幽霊の件を信じてくれるかはわからないけれど、否定はしない気がする。

それでも話せなかった。話したくなかった。これだけは私と彼だけの秘密にしておきたかったのだ。

昇降口で一旦別れて、靴を履き替える。校門のところで再び落ち合うと、日差しをたっぷりと浴びている豊丘先生が立っていた。青白くて不健康そうな先生は、太陽の下は不釣り合いだった。

いつもはもっさりとした髪も今日はきちんと整えられていて、スーツを着ていると若々しく見える。普段のだらしない姿は損をしているように感じた。

私に気づくと、豊丘先生が軽く片手をあげる。

「じゃ、行くか」

下校中の生徒が大分減った通学路を三人で並んで歩く。足元を眺めると灰色のアスファルトに揺らめく影はふたつ。何度見ても変わることはない。

「久々にスーツ着ると暑い。お前らよくいつもブレザー着ていられるよな」

「先生がそんなこと言っていいの？　てか、風は結構冷たくない？」

「まあ、帰りは寒そうだな」

日差しは肌を刺すように強いけれど、吹いている風は冷たくて日陰になると身震いするほどの肌寒さだ。

「ねえねえ、豊丘先生の高校生のときってどんな感じ？」

「どんなって、別にお前らと変わらないけど」

「だって想像できないんだもん」

豊丘先生が私たちと同い年だったときは、今よりももっと明るくて、行事などではしゃいだりしていたのだろうか。

そんなことを考えていると、苦々しい表情でため息を吐かれる。

「お前なぁ、んなこと聞いたって楽しくないだろ」

「いいじゃん。普段聞く機会ないし。ね、モテた？」

頭をがしがしと掻いた豊丘先生は、「俺は男子校だったからなー」と話しながら眉を寄せる。

「恋愛がらみで浮ついたのはあんまなかったな」

「そういうもんなんだ」

「まあ、でもいつもすげぇ騒がしかったし、楽しかったけど」

その頃のことを思い出しているのか、顔をくしゃっとさせて笑う豊丘先生からは、子どものような無邪気さを感じる。

「いつかお前も思い出すときがくるんじゃねーの。学生のとき楽しかったとか青春だったとか、いろいろと。だから、今を大事にしろよ」

「あ、今の先生っぽい」

「先生だからな」

秋風が吹き抜ける。日差しで火照った体の熱を奪うように、冷たい風はゆっくりと私を通過していった。

「私さ、何年か経って今を振り返ったとき後悔しそうで、怖くなるんだ。もっといろんなことを頑張ればよかったとか思いそうで」

「そんな難しく考えなくていいだろ。中村が好きなことをしたいだけすればいい」

「好きなこと、かぁ」

「つーか、俺からしてみたらお前なんて青春真《ま》っ只中《ただなか》に見えるけどな」

にやりと口角を上げた豊丘先生が、私の片想いのことを指しているように感じて、横目で睨む。

「余計なことぜーったい言わないでよ！」

「はいはい」

人によって学生の日々の思い出は異なっているだろう。部活に一生懸命な人や、バイトに勤《いそ》しむ人。恋愛にのめり込む人だってきっといる。いつか大人になって、この日々を思い返したとき私は今を青春だったと思うのだろうか。

私のイメージする恋愛の絡んだ青春は、甘酸っぱいものだった。それなのに恋をしていても、甘酸っぱい日々のようにはあまり感じない。

けれど、恋をしてから時々炭酸のように心がぱちぱちと跳ねる感覚がする。

隣を見れば、透明人間になってしまった好きな人の姿。でも触れることは叶わず、想いを伝える勇気も出ない。秘密を共有していても、この状況は甘さからは程遠い。

好きだと言えば、多分私は振らてしまうだろう。春から始まった一方的な片想いは、まだスタートラインで右往左往している。

ふと染谷くんと視線が交わる。

好き。好きです。好きだよ、染谷くん。

心の中で何度も唱えるように言いながら、向けられる優しげな眼差しに溺れていく。

染谷くんは私の想いに気づかない。今はそれでいいはずなのに、もどかしくて伸ばしかける手を咄嗟に引っ込める。

しゅわしゅわ、ぶくぶくと、心が弾けて暴れているみたいだった。

恋ってときどき苦しいことを彼と出会って初めて知った。

染谷くんの家は学校から歩いて二十分くらいの場所にあった。閑静な高級住宅街の中にあり、白を基調としたシンプルでスタイリッシュな佇《たたず》まいの家だ。

これから染谷くんのお母さんと対面するのかと思うと緊張して、豊丘先生の半歩後ろに立って身構えてしまう。

豊丘先生がインターフォンを押して、訪問を報《しら》せる電子音が鳴らすと、女性の声が聞こえてくる。

「はい」

事前に連絡してあったようで、「壮吾《そうご》さんの担任の豊丘です」と告げるとすぐに家の中から人が出てきた。

真っ黒な髪を右下で束ねていて、少しやつれているように見える女性が、私たちに会釈する。どうやらこの人が染谷くんのお母さんのようだ。

家の中へと案内されて、促されるまま高そうな黒革のソファに腰を下ろした。リビングは整理整頓されていて清潔感があるけれど、最低限の物しか置かれていないようで、あまり生活感がなく寂しさを感じる。私の家のごちゃごちゃとした雰囲気とは異なるためそう思うのかもしれない。

ガラステーブルにお茶が置かれてお礼を言うと、染谷くんのお母さんに「貴方は壮吾の彼女よね？」と控えめに聞かれて目を剝《む》いた。異性がこうして訪ねてきたからそう思われたのだろう。

「ち、違います！　クラスメイトです！」

「えっ。そうなの？　……てっきり」

言葉尻をぼかしながらなにかを考えている様子の染谷くんのお母さんに、近くにいた染谷くんは頭を抱えていた。

私と付き合っていると思われたことがそんなに嫌だったのかと、結構ショックを受けてしまい言葉が出てこない。

場の空気を切り替えるように豊丘先生が咳払《せきばら》いをしたあと、一枚の紙を鞄から取り出した。

「今日お邪魔したのは、この件です」

ガラステーブルに置かれたその用紙には退部届と書かれており、染谷くんの名前が記載されている。けれど、その字は達筆であまり子どもらしくない筆跡だった。

「これは？」

染谷くんのお母さんはきょとんとした表情で小首を傾げたあと、退部届に書かれている名前を見て表情を変えた。

「相内《あいうち》さんから渡されました。壮吾くんのお父様から頼まれたと言っていたそうです」

「そう、ですか。主人が」

どうしてこんなものが提出されているのだろう。染谷くんを見ると彼も驚いている様子だったので、彼の意思ではなくお父さんが勝手にしたということだ。

「この状況で退部届を受理できません」

「ですが、主人は美術部はやめさせるべきだと判断して、提出したのだと思いますので」

「そこに彼の意思はありません」

豊丘先生はいつになく厳しい物言いだった。染谷くんの意識がないというのに勝手に退部届を出すなんて、学校側としても受け入れがたいことのはずだ。それに、どうしてこの状況で退部させるのだろう。

「息子は……壮吾は絵なんてやめた方がいいんです」

弱々しい声音で、けれど決めつけるように話す染谷くんのお母さんの言葉に耳を疑った。

「兄も弟もちゃんと医者を目指しているのに、あの子は絵を描き続けて無駄な時間を費やしているだけなんです」

「彼が絵を描くのが無駄だとおっしゃるんですか」

眉をつり上げた豊丘先生に、染谷くんのお母さんは大きく頷く。

「だって、そうじゃないですか。将来のためにならないことなのに、続けていてなんの意味があるんですか。医者を目指して勉強している時間の方が大事です」

板橋先輩の件のときのように苛立ちが湧き上がり、お腹の辺りが熱くなってくる。

どうして彼のことを否定するのだろう。染谷くんは、いつも家でこんな風に彼にとって大事な絵のことを無駄だと、意味がないと言われ続けていたのだろうか。

今になって、彼が家に帰りたがっていなかったことを思い出してしまった。こういう事情があったから、あまり家には戻りたくなかったのかもしれない。

それなのに私は、染谷くんを一緒に連れてきてしまった。

彼の表情に影が落ちていくのを感じながら、手のひらを握り締めて前を向く。

部外者の私がなにを言ってもお節介にしかならないかもしれないけれど、このまま黙って見守りたくない。

「染谷くんの将来は、染谷くん自身のものです」

声を上げた私に、染谷くんのお母さんと豊丘先生の視線が集まる。

「染谷くんを産んでくれたのはお母さんです。育ててくれたのはご両親や傍にいた人たちです。けど、他の誰かが染谷くんの人生を決めていいものではないと思います」

染谷くんのお母さんの目をまっすぐに見つめる。

目の下には隈ができていて、疲れているのが見て取れる。絵を描くことは否定していたけれど、心配していることに変わりはないはずだ。

「好きなものを意味がないなんて言わないでください」

どうか彼の大事にしているものを頭ごなしに否定しないでほしい。

「夢中になれることを見つけられるのは、すごいことです。好きなことに費やしている時間は無駄なんかじゃないです。それに私は、染谷くんの絵に励まされました」

私は彼の絵に心を動かされて、気づいたら彼の絵を好きになっていた。

ピアノを辞めて空虚になっていた私の心を癒《いや》してくれたのは、染谷くんが描く世界だった。

『黒く汚れずに色褪せない、好きなものを閉じ込めたラムネ瓶の中で幸せに浸れる』

美術室での染谷くんの言葉が頭を過る。

ラムネ瓶の中の世界は、染谷くんにとって現実から逃避できる場所だったのだろうか。

部活でも家でも窮屈な思いをしていた彼にとって、好きなことに夢中になれている時間が唯一の癒しだったのかもしれない。

「もしも私が自分の親にそんな風に言われたら悲しいです。好きなものを堂々と好きって言うのが怖くなると思います」

私は彼の抱えている問題をなにも知らなかった。

部活で嫌がらせを受けていたこと、絵を破かれてしまったこと、そしてコンテストで結果を出せず苦しんでいて、家で彼の絵が否定されていたことも。

そして痣の理由も――。知らないことばかりだ。

けれど私にだけは染谷くんの幽霊が視えている。

どうして私だったのかはわからない。特別な意味なんてないのかもしれない。それでも、彼の幽霊と出会ったことで、私は染谷くんが抱えていた問題や想いを知った。

今声をあげられない染谷くんの代わりに、どうか私に彼の大事なものを守らせてほしい。

「彼から絵を奪わないでください」

鼻の奥がつんと痛くて、視界が歪《ゆが》む。たとえ事情があるのだとしても、本人の意思も聞かずに奪うようなことはしないでほしい。

「お願いします」

染谷くんのお母さんは手で口元を覆いながら、黙り込んでしまった。けれどその手は微かに震えていて、目には涙を溜めている。

「部外者なのに生意気なこと言ってしまって、すみません」

「いいえ、私もあの子の気持ちを考えずに言ってしまったから」

染谷くんのお母さんは俯いて、肩を震わせている。そして、深緑のロングスカートにシミがぽつぽつとできていく。顔は見えないけれど、涙を流しているようだった。

「お母さん、ひとまず壮吾くんが目覚めるまで退部届けの件は保留にしませんか」

「……はい」

手で涙を拭った染谷くんのお母さんが顔を上げると、退部届をテーブルの下にある引き出しに仕舞った。

「退部届の件は、もう一度主人とも話をしてみます。お騒がせしてしまいすみません」

その言葉に胸を撫で下ろし、おそるおそる染谷くんが立っている方向に視線だけ向ける。目が合うと、彼は泣きそうな顔で微笑んでくれた。

勝手なことを言ってしまったから反応が怖かったけれど、余計なことをするなと怒っているわけでも、困っているようでもなかった。

「少しだけ、待っていてもらってもいいかしら」

染谷くんのお母さんが席を立ってしまい、残された私と先生の間に沈黙が流れる。

なにも言わずにポケットティッシュを差し出された。

「ありがと、先生」

遠慮なく一枚もらい、目尻に溜まった涙を拭く。豊丘先生がティッシュを持ち歩いているなんて意外で、わずかに気が緩んだ。

どうやら二階へ行っていたらしく、階段を下りる音が聞こえてくる。ティッシュを慌ててブレザーの中に突っ込んで姿勢を正す。

戻ってきた染谷くんのお母さんが持っていたのは、オレンジのクロッキー帳だった。ぱらぱらと捲り、差し出されたのはある絵が描かれているページだった。

「これ、貴方よね？」

「え……」

どくんと心臓が大きく脈打つ。くすぐったくて熱い感情が全身に浸透していき、描かれているのが本当に私なのか確証もないのに、喜んでしまいそうになる。

「どのクロッキー帳を見ても風景や物ばかりなのに、この絵だけは違っていたから、てっきり貴方が彼女なんだと思ったの」

教室で廊下側を背にして立っている女子生徒。鉛筆で描かれたモノクロの世界でその生徒は笑っていて幸せそうだった。

髪型も顔の雰囲気も、確かに私にそっくりだ。もしも私だったとしたら、いつ描いてくれたのだろう。

不思議に思って横目で彼を確認すると、慌てた様子で目を逸らされてしまい「勝手に描いてごめん」と謝られた。どうやら本当に私を描いてくれたみたいだ。

舞い上がりそうになる気持ちを隠しながら、じっくりと絵を眺めていると下の方に日付が書かれていた。

その日付に思い当たる出来事があり、せり上がってくる感情を必死に堪える。

私が染谷くんとラムネ瓶の絵が完成したら一番に見せてくれると約束した日だ。これは、放課後の教室で会った私のことを描いてくれたようだった。

さっきは彼女と間違われて困惑していたのを見て不安だったけど、こうして描いてくれていたことに特別な意味を探してしまいそうになる。

「主人には、壮吾のクロッキー帳も画材も全て捨てろって言われて、勝手に部屋に入って整理していたの。最低よね」

「やっぱりそうだよね」

染谷くんが悲しげに乾いた笑みを浮かべる。絵に関するものを親に捨てられるであろうと、想像がついていたようだった。

「あの子の絵を初めてちゃんと見たわ。……こんなに素敵な絵を捨てることが私にはできなかった」

染谷くんのお母さんが柔らかい笑みを浮かべて、指先で絵をなぞった。

「捨てないでくれてありがとう」

染谷くんの言葉はお母さんにも豊丘先生にも届かない。私にしか聞こえていないけれど、彼は安堵している様子だった。

「将来のためにならないって考えは変わらないけれど、絵を捨ててしまったらあの子の心は本当に閉じてしまう気がして怖かったの」

染谷くんのお母さんはクロッキー帳を抱きしめながら長い睫毛を濡らし、大粒の涙が頬を伝っていく。

「先生、あの子は本当に事故でしたか？　……自殺、ではないですか」

声を震わせ、振り絞るように言ったお母さんの言葉に染谷くんは悲しげに下唇を噛みしめて俯いてしまう。

何故非常階段にいたのかも、落ちたときのことも、彼はまだ思い出せていない。おそらく自殺ではないとしても、取り巻く環境が彼を精神的に追い詰めていたのは間違いない。

「警察は自殺ではないと判断したようですし、状況から見て事故だったのだと思います」

豊丘先生と同じ説明を家族である染谷くんのお母さんは既に聞いているはずだ。けれど、お母さんは家の問題が今回の事故と関係あるのではないかと考えているのだと思う。父親に認められず、画材を捨てろとまで言われているのだ。家族仲がいいほうではないことは他人の私でもわかる。

「あの子はいつ目を覚ましてくれるんでしょうか。私、あの子にどうしてあげるべきだったのでしょう」

豊丘先生が口を開いてなにかを言おうとした直後――玄関の方から音がした。重なり合う足音がひとりではないことがうかがえる。

「カズくん、待ってってば！」

「だから、俺忙しいんだって。家帰れよ」

聞こえてくる男女の声に染谷くんのお母さんは慌てて、涙を拭って泣いた形跡を消した。

リビングに姿を現したのは学ランを着ている男の子。そして後ろに続くように姿を見せた女の子は、私と同じ制服を着ていて学校で見かけたこともある。染谷くんの事故があった日、昇降口付近でぶつかった子だ。

「おばさん、お邪魔しま……なんで豊丘先生がいるの」

女の子からは笑顔が消え、訝しげに私と豊丘先生のことを見つめている。発言からして、彼女はこの家の住人ではないようだった。

隣の男の子は明らかに不機嫌そうな面持ちでこちらを睨んでいた。

染谷くんよりも髪が短いけれど、顔立ちは似ていておそらく兄弟なのだろう。年上には見えないので弟だろうか。

「アイツの担任？」

「和人《かずと》」

彼の発言を咎《とが》めるようにお母さんが名前を呼んだ。

私の横で染谷くんが「ひとつ下の弟なんだ」と教えてくれる。兄のことを〝アイツ〟と忌々しげに呼んでいることから、関係は良好ではないようだった。

染谷くんが私と燈架のやり取りを見ていて、『仲がよくていいね』と言っていたことを思い出す。世の中の兄弟たちみんなが仲よしなわけではない。それはわかっていたことだ。それでも、この状況を目の当たりにしてしまうと他人の家とはいえ胸が痛む。

この家では彼の心が休まるように思えない。染谷くんの居場所は、どこにあったのだろう。

「相内が持ってきた退部届の件でお邪魔したんだ」

染谷くんの弟と一緒に現れた女の子は、相内というらしい。彼女が染谷くんの退部届を提出したということはこの家の人と親しい間柄ということだろう。

相内さんがちらりと私のことを見て、不満気に眉根を寄せる。この女は誰だとでも言いたげで視線に棘《とげ》を感じた。

豊丘先生もそれに気づいたらしく、胡散《うさん》くさい笑顔を貼りつけて私のことを説明してくれる。

「中村は染谷のクラスメイトで親しかったし、心配していたから一緒に来てもらったんだ」

全てが嘘というわけではないけれど、正しいとも言い切れない。けれどここで訂正するわけにもいかず、肯定するように笑みを浮かべる。

「親しい？」

どうやら相内さんも染谷くんの弟も、私が彼と親しいという発言には疑念を抱いたらしい。

「この人と、アイツが？」

まるで見た目が全然違うとでもいうように、染谷くんの弟がまじまじと見てくる。

私のような髪の毛も茶色くて制服も着崩している人と、お手本と言えるくらいしっかりと制服を着ていて真面目だった染谷くんが、親しいということに違和感を覚えているようだ。

「では私たちはそろそろ」

豊丘先生はこれ以上長居をするつもりはないらしく、鞄を持って立ち上がる。それが合図のように私も「お邪魔しました」と頭を下げてから、豊丘先生に続く。

痛いくらいの居心地の悪い二つの視線を感じながら、私たちは染谷くんのお母さんに見送られて家を後にした。

＊＊＊

豊丘先生と別れたあと、私と染谷くんはしばらく無言で歩いていた。染谷くんの家のことや、クロッキー帳に描いてくれた私の絵を思い出しながら、聞いていいものなのかと悩む。

「あの、さ」

ぎこちなく染谷くんが話を切り出した。

「絵のこと、本当ごめん」

「え？」

「勝手に中村さんのこと描いちゃって。……キモいよね」

「っ、そんなことないよ！」

立ち止まって、興奮気味に声を上げてしまった。我に返り、周囲を見回して人がいなかったことに安堵する。

「ありがとう」

浮かれ過ぎても染谷くんに引かれてしまいそうで、平然を装っていたけれど、本当はあれをもらって宝物として持っておきたいくらいだ。

「染谷くんに、あんな風に描いてもらえるなんて思わなかった」

「あの日、中村さんの笑顔が印象的だったんだ」

ちょっとだけくすぐったさを感じながら、「ありがとう」と返す。特別な意味なんてないとしても、あの日の染谷くんが私を描きたいと思ってくれたことが嬉しかった。

「あと他にも、ごめん」

ぽつりと染谷くんが謝罪の言葉を漏らす。

それがなにに対してなのかわからず、首を傾げる。すると少し困ったような悲し気な表情で「俺の家のこと。あまりいい気はしないでしょ」と付け足した。

「染谷くんはなにも悪くないよ」

私をあの場に行かせてしまったことを申し訳なく思っているようだった。けれど、行くと決めたのは私で、染谷くんのせいではない。

「祖父も父も医者でさ、その影響で兄も医者を目指していて俺も弟も当然のように医者を目指せって言われてきたんだ」

染谷くんから初めて聞く家の事情だった。けれど、自分の話のはずなのに、彼は淡々とした口調だ。

「小学校の頃に図工の時間で絵を描いてから、好きになったんだ。でも父からも兄からも、そんなものは意味がないからやめろって言われた」

「……小学生にそんなこと言うなんて」

「そういう家なんだ」

諦めているかのように染谷くんが力なく笑う。

「父も兄も威圧的に話すから、俺も弟の和人も、幼い頃はよく泣いてたよ。今は和人に嫌われちゃってるけど、昔は結構仲がよかったんだ」

「どうして仲が悪くなっちゃったの？」

「俺が絵をどうしても諦めきれなくて反発しちゃったからかな」

どうやらあの家で、染谷くんだけが医者を目指すことを嫌がり、違う道に進もうとしているらしい。先ほど弟が染谷くんのことを〝アイツ〟と呼んで反抗的に見えたのは、そのことが影響しているのだろう。

「昔から、台本を用意されているような気分だったんだ」

「台本？」

「すべて父の決めた通りにならないと叱られてたから。そんな日々に嫌気がさしてた」

ようやくお父さんが示した道から抜け出せて、絵に時間を費やしていたけれど、結局抜け出せずにいると染谷くんがため息を漏らす。

兄や弟からも冷たい目を向けられ、顔を合わせれば嫌味を言われるような関係になってしまったらしい。

「俺がいなくなって本気で悲しむ人はいないのかも。まあでも、母さんは泣いてくれていたけど、世間体とかも気にしているんだと思う」

心配していた気持ちは嘘ではないように見えたけれど、違和感はあった。退部届の件も、染谷くんの将来に関することも、染谷くん本人よりもお父さんの意思を尊重しているように感じた。

ふと豊丘先生から聞いていた痣の件を思い出す。

「お父さんと喧嘩《けんか》することって、多いの？」

「え？　いや……喧嘩って言えるようなものはしてないかな。口煩《くちうるさ》く言われるだけというか、言い合いは高校受験のときくらいしかしてない」

「そっか」

それなら、誰が染谷くんに怪我を負わせたのだろう。痣が残っているということは、誰かが九月中に染谷くんに暴力を振るったということだ。まだ思い出せていないだけで、お父さんに殴られるようなことが起こったのだろうか。

「こんな話しちゃって、ごめんね。聞いてくれてありがとう」

心配かけまいと無理して笑っているようだった。彼の心をいったいどれだけの人たちが傷つけ続けているのだろう。

「私は悲しいよ」

「え？」

「染谷くんがいなくなったら私は悲しいし、寂しい」

同情などではない。染谷くんが非常階段から落ちたのを発見して、心臓が凍りつくかと思ったほどだ。

「だけど今こうして一緒に入られて嬉しいって思っちゃう自分もいて、それでも染谷くんには元に戻ってほしいとも思う」

「……中村さん」

「私、もっと染谷くんと話したい」

彼にとっての存在意義は、私がいなくならないでほしいと思っている気持ちくらいでは足りないかもしれない。それでも生きていてほしいと思う人がひとりでもいることを知ってほしい。

「よしっ！　行こう！」

「え、どこに？」

意気込んで私は道を変更した。突然のことに困惑した様子で私の後をついてくる染谷くんに笑いかける。

「私のとっておきの場所！」

心を覆う不安や憂鬱な思いを、他人が吹き飛ばすことなんて難しいかもしれないけれど、このままの気持ちで家に帰りたくなくて、少しでも彼に元気を出してもらいたかった。

日が傾きかけた道を足早に歩き始める。急いでいるわけではない。けれど、早く向かいたいと気持ちばかりが先を行ってしまう。

足音はひとつだけ。それでも隣にいる染谷くんも私と速度を合わせてくれていた。

描かれた臆病な風景

進む道を誰かに決められていることは、楽であると同時に自由を手放すことだ。そして、俺の家で自由を手にするということは、軽蔑されるということだった。

『お前みたいな弟をもって恥ずかしい』『反抗したいだけだろ。かっこ悪い』

高校に入ってから、兄に言われた言葉は容赦なく心を抉《えぐ》った。

これが自分の自由と引き換えに得た代償なのだということは、わかっている。

医者になれ。そう言われて育ってきた。まるで医者にならないと価値がないかのように、呪文のように唱えられてきた父さんの言葉。

祖父も医者で、父さんも同じように医者になった。

父さんの弟である叔父は医者になることを諦めて、カメラマンとして働いている。

プロとして有名になれたわけでもなく、ギリギリの生活をしている叔父を父さんは軽蔑していた。染谷家の恥だと馬鹿にし、会うたびに叔父を批難していたのを未だに覚えている。

小学生の頃、正月に顔を合わせた叔父が言っていた。

『俺みたいにはならないほうがいいけど、お前の父さんみたくなる必要もないんだぞ』

父さんみたいに医者になれと言われ続けていた俺にとっては衝撃的な言葉だった。

『他の誰かに言われた通りにする必要なんかない。壮吾は壮吾のしたいように生きていいんだよ』

薄暗く締め切っていた部屋の中に陽の光と風が吹き込んだかのように、目の前が一気に拓《ひら》けた気がした。

叔父は俺たちが父さんの生き写しのようになっていることを危惧して言ってくれたのかもしれない。

己の個性を消し、父の台本通りの人生を歩む役者のようになってしまっていた俺たちには、子どもらしさという無邪気な部分が欠落していた。

昼休みや放課後にサッカーやゲームで遊ぶこともせず、家に帰ってひたすら勉強が当たり前。

休日に友達と遊んだこともなく、夜にアニメやバラエティ番組を観《み》ることも許されない。

小学生の頃から、教室ではいつもひとりだった。

今流行《はや》りのものを知らず、話題にもついていけない。遊ぶのなら勉強に時間を費やせと言われてきたので、話題の合う友達なんていなかった。

そんな中で唯一見つけた楽しみは、絵を描くことだった。

小学五年生の図工の授業で、校内のどこでもいいから風景を描くというテーマ。俺は真っ白な画用紙を画板にのせて、鉛筆一本と消しゴムをひとつだけ持ち、校内をうろついた。

ほとんどの人が中庭や校庭へと向かう中、誰もいない教室へとたどり着く。電気は消されているけれど、窓から太陽の光が差し込んでいて十分な明るさだった。

普段は人がたくさんいる教室に、自分以外の誰もいない。胸につっかえていたなにかが取れて、呼吸しやすくなった気がした。

真っ白な画用紙に鉛筆をすべらせるように少しずつ風景を描いていく。自分の呼吸と鉛筆の音、近くの教室から聞こえてくる授業をしている先生の声。夢中になっていくと、それらの音はいつの間にか聞こえなくなった。

画用紙いっぱいに、目に見えている教室の風景を描き込む。

指定された時間の少し前に図工室へ戻り、絵を提出すると先生は目を丸くして興奮気味に距離を詰めてきた。

『染谷くんすごいわ！』

なにがすごいのかよくわからずに立ち尽くしていると、先生は目を輝かせながら俺の描いた絵を褒めてくれた。まるで宝物を見つけた子どもみたいにはしゃいでいる。

『細かい陰影もしっかりと描き込まれていて、ここの光の加減も絶妙ね。窓と机の質感の違いも伝わってくるわ。普段から描いているの？』

『いえ……ほとんど描いたことないです』

褒められることなんて滅多になかったため、気恥ずかしくて声がどんどん小さくなっていってしまった。

『染谷くんは絵の才能があるのね』

『才能？』

『ええ』

今思い返せば、深い意味などはなく絵をあまり描いたことがないわりに描けていたということなのだろう。けれど小学生の俺にとっては泣きそうになるほど嬉しい言葉だった。

初めて、自分だけのものを見つけられた気がした。

『お前の父さんみたくなる必要もないいんだぞ』

『他の誰かに言われた通りにする必要なんかない。壮吾は壮吾のしたいように生きろよ』

叔父の言う通り、俺のしたいように生きていいのなら絵を描きたい。もっといろいろな風景を描いてみたい。

そんな願いと想いが生まれた瞬間だった。

＊＊＊

その後、幼い頃から貯《た》めていたお年玉でこっそりと画材を購入して絵を描き始めた。中学では美術部に入って色の塗り方を教わり、家族にバレないように絵の勉強をしていた。

先生に出してみたらどうかと言われた絵のコンテストに応募して賞を取ったことがきっかけで更に絵を描くということに夢中になっていった。けれど中学二年の夏に、父さんに絵のことを知られてしまった。

『こんなもの無駄だ。くだらない』

そう言って父さんが描きかけだった絵を引き裂いた。母さんは怯えてなにも言わず、兄も弟も憐《あわれ》むように傍観している。

『俺は……医者にはなりたくない』

初めて父さんに逆らった瞬間——頬を思いっきり殴られた。

頭がくらくらして、視界が白く弾け飛ぶ。痛みよりも熱が主張している頬に、心臓が移動してきたかのようにどくどくとした動きが伝わってきた。

ぼんやりとした頭で腫れるだろうなと考えていると、威圧的に俺を睨みつけている父さんと目が合う。

『頭を冷やせ』

それだけ言って、父さんはリビングから出ていってしまった。

母さんも、兄や弟も声をかけずに出ていき、残されたのは床に座り込む自分と千切れた紙。

叱られて当然だった。娯楽なんかいらない。ひたすら将来のための知識をつけろ。この家での常識は医者になることで、今までそういう方針のもとで育てられてきた。

悲しさや辛さよりも、ようやく見つけられた自分の好きなことを失わないように床に散らばった紙を掻き集めて、大事に手の中に閉じ込めた。

そして俺は、父さんに指定されていた兄と同じ高校ではなく、違うところを受けた。一応事前に母さんには伝えていたけれど、なにか聞かれても知らないふりをしてほしいと言っておいた。

母さんにまで怒りの矛先を向けられたらさすがに堪えられない。怒られるのは自分ひとりで十分だ。

父さんとの衝突は避けられないとわかっていたけれど、高校受験の件を知った父さんは容赦なく俺に制裁を下した。

ただ俺自身もこれだけは譲れなかったため、言い合いになってしまった。反抗したことが父さんの怒りを更に買ってしまったようで、何度も殴られて罵倒された。お前は家の恥だと、どうして言う通りにできないのだと言われて、自分に求められていたのは人形として生きることだったのだと改めて実感する。

『か、顔はやめて……！』

止めてくれるわけでもなく、か細く消えてしまいそうな声で言った母さんは俺と目が合うと怯えた様子で視線を下げた。ただ、母さんの言葉で父さんも冷静さを取り戻したようですぐにリビンクから出ていった。

俺がふらついた足で立ち上がると、母さんはおろおろとしながら腫れ上がった俺の頬に触れようとしてくる。それを避けるようにはたき落としてしまい、母さんが傷ついた顔をして大粒の涙をこぼした。

いつか帰り道で見た手をつないで楽しげに道を歩いている親子の姿が思い浮かぶ。そんな関係はこの家には最初から存在しなかった。わかりきっていたことに今更気づいて自嘲気味の笑みを浮かべる。

それ以来、俺はほとんどリビングへは行かず、自室に籠もるようになった。


高校は自分が望んだところへ行けるようになったものの、未だに父さんは俺を医者にすることを諦めていない。成績は絶対に落とすなと、毎度言われていた。

そんな俺も、美術部で絵を描いているときは時間を忘れるくらい夢中になれた。けれどコンテストにはいくら応募しても結果が出ない。

いつの間にか賞を取ることに執着していき、自分を見失いかけた頃、部内で嫌がらせを受けるようになった。

最初は筆を隠されたりするくらいだったけれど、次第にエスカレートしていきイーゼルを壊されたり、直接嫌味を言われたりするようになった。

『賞が取れない絵なんて無価値で無意味』

二年になった春のある日、板橋先輩の言葉に落ち込んで、美術部に行く気分になれず放課後の教室に居残っていたことがあった。

単純な悔しさだけではない。俺自身もその通りだと思ってしまったのだ。俺の絵は結果も出せず、今のままでは無意味でしかない。

誰もいなくなった教室で、窓から吹き込む春風を感じながら、去年の合唱祭の曲を口ずさむ。

この曲は好きだった。特に出だしの部分が好きで、心地よい気分で鼻歌に浸っていると廊下のほうから音がして慌てて振り向く。

そこにはクラスメイトの女の子が立っていた。

話したことなんて一度もなかったけれど、昨年の合唱祭でピアノ伴奏をしていた子で、クラスでも目立つグループにいるひとりなので俺でも知っている。

茶色の長い髪に、短めの制服のスカート。俺とは見ている世界が明らかに違い、いつも友達と楽しそうに談笑している子だった。

鼻歌を聞かれてしまったことに羞恥心が沸き上がって、咄嗟に俯く。

『一年のときの合唱祭の課題曲だね』

声をかけられたことに驚いて顔を上げると、彼女は仲のよい友達と話すときと変わらない様子で立っている。教室でいつもひとり絵を描いている暗い俺に、こんな風に気さくに話しかけてくれる子だとは思わなかった。

『……下手くそだったでしょ』

歌は上手くないことなど自分が一番理解している。だから合唱祭のときは足を引っ張らないように極力控えめに歌っていた。

『ううん。綺麗だなって思ったよ』

『そんなわけないよ。音外してたし』

『音程が正確かどうかよりも、楽しそうで聴き入っちゃった。染谷くんはこの曲好きなの？』

お世辞で言ってくれているのだろう。そう思って、視線を再び彼女へと向けると目に映った光景に言葉を失う。

日差しを浴びて微笑んでいる彼女は思わず目を瞑りたくなるほど眩しくて、それでも逸らしたくないくらい綺麗だった。

心臓が不規則な音を立てて、先ほど鼻歌を聴かれたときとは違う動揺と熱を持った感情が渦巻く。

『合唱祭の伴奏、すごく綺麗だったから』

そんな言葉を思わず口に出してしまうと、彼女——中村さんは目を丸くして黙ってしまった。意味がよくわからないのか首を傾げた彼女に笑いかける。

この人は自然体でこんなにも眩しくてキラキラとしている。彼女にはそのままでいてほしい。まっすぐな瞳で、飾ることのない笑顔で、明るいままでいてほしい。

彼女を前にすると自分の黒く汚れた部分が浮き彫りになってしまうような気がするけれど、俺は純粋に憧れてしまった。

中村さんが教室を去ったあと、クロッキー帳に脳裏に焼きついた光景を描く。

教室で太陽の光を浴びて、微笑んでいる眩しい彼女。

描いたあとに恥ずかしさがこみ上げてくる。見られてしまったら気味悪がられるのではないかと思って、慌ててカバンの中に仕舞い込んだ。

その後、クロッキー帳は学校に持っていかずに部屋に仕舞っておいた。


——そして幽体離脱をしてしまった俺は、中村さんと豊丘先生とともに自分の家を訪れた。そのとき母さんは、中村さんに俺の彼女なのかとまで聞いていて、中村さんにとっては迷惑でしかない母さんの勘違いに頭を抱えた。

しまいにはあの絵を見せてしまい、俺はその場から逃げ出したいくらいだった。ただ、当の本人が驚きつつも、あまり気にしていない様子なのを見て、安堵する気持ちと意識されていないという複雑な感情とが入り混じる。

俺にとっては特別でも、彼女にとって俺は特別ではない。

それでも中村さんは、幽霊になって彼女に負担をかけてしまっている俺にも屈託のない笑顔を向けてくれる。

それがどうしようもないくらい嬉しくて、早く元の体に戻らないといけないと思いつつ、このままでいたいなんて願ってしまう自分がいた。

＊＊＊

俺の家の帰りに中村さんに連れていかれたのは、近くにあるコミュニティーセンターだった。この施設が近所にあることを知っていたものの、訪れたことは一度もなかった。

「中村さん、ここ来たことあるの？」

「小学生の頃に友達と自転車に乗ってよく来てたよ。ここって子ども部屋があって、本とか遊具が自由に貸し出されてるから溜《た》まり場《ば》だったんだ」

自動ドアを抜けて、淡い黄色のタイルが敷かれた床を直進していく。通り過ぎていく部屋の上部には『調理室』や『多目的室』など学校のようなプレートがついている。階段を上っていくと、二階は会議室が三部屋ほど並び、その先には学習室があった。

「あ、よかった。誰もいない」

薄暗い学習室の電気をつけることなく、中村さんが足を進めていく。部屋を囲うように長机が設置されていて、その中心には古びた本棚があった。

「ここって入って大丈夫なの？」

「自由に使っていい部屋だよ。受験勉強したい人とかがよくここに来てるみたい」

本棚には表紙が捲れ上がった分厚い参考書などが乱雑に積まれている。こんな場所があるなんて、もっと早くに来てみたらよかった。家で勉強するよりもずっとはかどりそうだ。

「ね、見て！」

彼女が指差した先に視線を向けると、淡青だった空は影を落とし始めていて、浮かんでいる雲は橙色《だいだいいろ》や朱色、ピンク色などに眩《まばゆ》く彩られている。そしてちょうどこの場所から見えるのは並木道だ。木々が夕陽《ゆうひ》に染まっており、琥珀《こはく》色の道を作っている。

「ここの景色お気に入りなんだ」

夕景に目を奪われていると、中村さんが「綺麗でしょ？」と小さく笑った。沈んでいた俺を元気づけるために、きっと彼女はここに連れてきてくれたのだろう。

「ラムネ瓶の中に景色を閉じ込めていた染谷くんの絵を見て、私も閉じ込めたい景色があるとしたら、ここだなぁって思ったんだ」

「うん。俺も……今この瞬間を描けるならラムネ瓶の中に閉じ込めたい」

右手が勝手に動きかけて、すぐに握りしめた。自分の手に鉛筆も筆も持つことができないのがもどかしい。

せめて目に焼きつけたいと願ったけれど、きっとそれも叶うことはない。

「いつか見てみたいな」

「……描くことができたら、今度こそ中村さんに一番に見せるよ」

「やった！」

無邪気に笑う彼女を見ながら、無責任なことを言ってしまった後悔が押し寄せてくる。だけどもしも描くことができたら、彼女にこの景色を閉じ込めて贈りたい。

その日の夜、中村さんは卓上型の電子ピアノを抱えて部屋に戻ってきた。

どうやら物置部屋に仕舞われていたらしいそれを丁寧に箱から取り出すと、少しよれている楽譜を見ながら指先で鍵盤を押した。

電子ピアノの音が静かな室内に響き、時折感覚を摑むようにメロディが奏でられる。

俺にはそれがなんの曲なのかはわからないけれど、中村さんは「よかった、まだ覚えてる」と言って安心した様子だった。

「ピアノ弾けるの羨ましいな」

「習ってたんだ。もうやめちゃったけど」

「中村さんって苦手なことあるの？」

ピアノが弾けるだけではなく、運動神経もよかったはずだ。それに一緒にいるようになってわかったけれど、勉強も苦手なようには見えない。

中村さんは少し目を丸くしてから、おかしそうに笑った。

「苦手なことなんて、たくさんあるよー。私、特に歴史が苦手だもん」

「え、そうなの？」

「そうだよ。いつも赤点にならないように必死！　それに持久走は苦手かなぁ」

あれは俺もしんどかった記憶がある。五月頃に持久走があり、快晴だったのはよかったものの日差しが強くて、倒れた生徒もいたくらいだ。

「器械体操とかも苦手！」

る。


「運動全般得意なのかと思ってた」

「得意なのは短距離と、球技だけだよー！」

こうして少しずつ中村さんについて知ることができて、近づいたような気持ちにな
朝が少し弱くて、歩くのが速い。結構食べる方で、特にシナモンロールが好き。そして、目を輝かせながら俺の絵を見てくれる。

まだまだたくさん知りたい。けれど、そう思えば思うほどにもやのかかった記憶にノイズが混ざり、不安を煽《あお》る。

九月の記憶を思い出したいけれど、思い出すのが怖い。絵が破られていたことやコンテストに落ちてしまっていたこと以外にも、忘れたかった記憶が存在しているのは間違いない。

「ピアノもね、好きだったはずなのに、今では少し苦手になってたの」

「どうして？」

「才能ないって言われてから弾くのが怖くなったんだ」

中村さんの表情が悲しげに曇る。それは初めて知る彼女の中の暗い部分かもしれない。

「中学のときに、運動部に入りたいって言ったらピアノの先生に指を怪我したらどうするのって言われて、部活に入ることを諦めたの」

　プロを目指していたわけではないらしいけれど、コンクールに出て賞を取ってみたい。結果を残したいと中村さんは夢を抱いていたそうだ。

「でもね、高一の冬に〝ずっとやる気を感じなかったのよ。もう辞めたほうがいいんじゃない？　才能ないわよ〟って先生にはっきり言われちゃったの」

　無理して笑う中村さんに心が押しつぶされそうなくらい苦しくなる。好きなことをしているはずなのに、結果が残せない苦しみも、周りからの言葉を気にして傷ついてしまうのも、痛いほどわかる。

「もうピアノを弾きたくない。ピアノから離れれば、こんなに苦しい思いをしなくて済むって思ったんだ」

「……それでピアノを辞めたの？」

「うん。去年の年末にね」

　後悔をしているのか、それとも離れられたことが彼女にとっていいことだったのか、俺には判断がつかなかった。

　些細な言葉で彼女を傷つけてしまいそうで、喉元で言葉が詰まる。それでも、今弾こうとしているのはどうしてなのだろう。

「よし！　いけそう」

ある程度感覚を取り戻したのか、俺に向き合った中村さんの唇が、弧を描くように綺麗に微笑みを浮かべる。

鍵盤にそっと触れて、奏でられる音は流れるようにリズムを作り、音が曲へと姿を変えていく。

それは普段音楽を聴かない俺でも馴染《なじ》みのある曲だった。目を伏せて、楽しげに弾いている中村さんに見惚れながらも懐かしい曲に聴き入る。

『木漏れ日』というこの曲は、一年生の合唱祭の課題曲。

優しく包み込むような温かな旋律に、あの日の放課後が頭を過る。俺がこの曲を鼻歌にのせていたところを、中村さんに聞かれてしまい、少しだけ言葉を交わした。

そして、その日から俺は気づけば彼女を目で追うようになっていた。

弾きながら中村さんが時折口ずさむ。よく通る透明感のある声だった。ピアノが弾けて、歌も上手い。やっぱり中村さんはすごい。自分では気づいていない長所をたくさん持っている。

「ずっと弾いてなかったから、ちょっと鈍ってるね」

「やっぱり中村さんのピアノ好きだな」

素直な感想を伝えるとと中村さんは「結構まちがえちゃったよ」と言って照れくさそうに笑った。

「染谷くんはこの曲好きなのかなって思ったんだ」

「え？」

「前に放課後に会ったときに歌ってたでしょ？　それで好きなのかなって」

確かにこの曲調が気に入っていた。でも今はそれだけではない。あの日の出来事があるからこそ、更に好きな曲になったのだ。

それに中村さんは覚えていないかと思っていた。鼻歌を聞かれた日のことなんて彼女にとっては些細なことで、絵を一番に見せる約束だって、たとえ完成できていたとしても、俺には見せに行く勇気も出なかったかもしれない。

俺とのたった数分の会話なんて、彼女の日常の中ではすぐに霞《かす》んでしまうような出来事だろうと勝手に決めつけていたのだ。

視線は電子ピアノに向けて、ぽつりと呟く。

「好きだよ。中村さんの……ピアノも、この曲も」

情けないくらい勇気のない俺には告白なんてできなかった。

今がチャンスなのかもなんて淡い考えが過ったけれど、こんな透明な体で、そして俺はいつか――。だから今ここで伝えるべきではない。

けれど彼女を前にすると、何度も気持ちを自覚する。ただ一方的に募るばかりで、どこにも行き場がない。

「よかった」

安堵したような穏やかな眼差しを向けられる。

「今日、考えなしに染谷くんの家に連れていっちゃってごめんね」

その一言で、何故中村さんが急にピアノを物置から持ってきたのか、わかった気がした。

家に行ったことによって、傷ついたのではないかと心配してくれていたみたいだ。そして俺の好きな曲を弾いて、元気づけてくれたのだろう。

「私ね、ピアノが少し苦手になったけど、染谷くんのおかげで今日また好きになれたよ」

「え……」

「染谷くんがいてくれてよかった」

まるで存在してもいいのだと、言ってもらえているようだった。

「俺のためにピアノを弾いてくれてありがとう」

彼女のまっすぐなところや笑顔に霊体になってから何度も救われている。けれど、透明な俺にはお礼の言葉しか返せない。それでも中村さんは頰を紅潮させて笑顔を見せた。

中村さんが笑ってくれるだけで、俺の世界が、描いていたラムネ瓶の中のようにキラキラと光って見える。

忘れたくない。彼女と過ごしたこの日々だけは、ずっと残しておきたい。


中村さんが眠ったあと、ベランダで夜を過ごしながら、ぼんやりと夜空を眺めていた。すると、小さな虫がこちらへと飛んできて、手すりに止まった。指先を伸ばしてもすり抜けていく。決して触れることはできない。

この姿のままでは、なにもできないままだ。

あとどのくらい経てば夜が明けるのだろう。時計がないので今何時かはわからないため確認したいけれど、カーテンの向こう側には中村さんがいる。触れられないとはいえ、勝手に部屋に入ることは憚《はばか》られるため、彼女が起きるまで部屋の中には入らないことにしている。

「あれ？　でも入ったことがあるような」

一瞬そのようなことを考えて、首を横に振る。そんなはずない。彼女が起きてカーテンを開けるまで、いつもここで待っている。

「でも、そうだ。一度だけあった」

ここに置いてもらうことになった翌日に、中村さんが寝坊しそうで心配だったので、悪いと思いながらも起こしに行ったことがあった。

「だめだ。……まただ」

ため息を漏らし、夜空に浮かぶ月を見上げる。今日は三日月だ。触れたら折れてしまいそうなくらい細くなっていて、初めて読んだ児童書を思い出してしまう。

小学校低学年の頃、授業で読書の時間があった。図書室から好きな本を一冊選んでいいと先生に言われて、偶然手に取ったのが月へ冒険に行こうとする男の子の物語。あのときは、文字の中で広がる空想上の世界に驚いた。俺の家には絵本や漫画といった類のものはなかったため、初めて知る夢のような物語が衝撃的だったのかもしれない。

もっといろんな本を読んで知らない世界に触れてみればよかったと今更思う。こんな体ではいくら時間があっても、本を読むことすらできない。

睡眠も必要なく、疲れもない。気温も感じないので、どこで何時間過ごしていても平気だ。

中村さんと一緒にいるときは基本的に歩いているようにしていることが多いけれど、水中のクラゲのようにふわふわと浮いて宙を漂うこともできる。空だって飛ぶことができる。まるで空想上の世界みたいだ。

いつもならここでただじっと朝を待つけれど、少し気になることがあり、俺はベランダを飛び越えてある場所へと向かうことにした。

街灯に照らされた夜道を、宙を漂うように進んでいく。液晶画面を食い入るように見ながら歩いている仕事帰りの女性や、自転車に乗りながら大きな声で歌っているおじさんとすれ違っても、誰も俺には気づかない。

遠くの空を見つめれば、人工的な光を放った街の電飾やら看板が見える。夜になっても世界から色と光は消えない。

家でひたすら勉強を強いられてきた俺の視野は人よりもずっと狭かった。絵に夢中になったあとも、それ以外のことには目を向けないままで視野は広がらずにいた。けれど今は心に余裕があり、景色を堪能《たんのう》しながら進んでいく。幽霊の姿とはいえ、夜に外にいることは悪いことでもしている気分になった。

やがて目的地へとたどり着いた。見慣れた自分の家のリビングの窓をすり抜けると、中には大人がふたりいる。

やつれたように見える母さんと、ひとりで晩御飯を食べている父さんだった。父さんの顔を久々に見たような気がするけれど、実際最後に顔を見てから数日しか経っていない。

銀縁のメガネの奥の切れ長の目はいつみても鋭くて、眉間には皺がくっきりと刻まれている。

こうして近くに立っても厳しい視線が向けられないことに、妙に安堵した。昔から父が家の中で絶対的な存在であり、接するときは内心怯えていたのだ。

笑いかけられた記憶もない。ひょっとしたら幼い頃にはあったのかもしれないけれど、今では思い出せないほどこの人が表情を緩めたところを見たことがない。

「退部届の件だけど、今日担任の先生がいらして壮吾が目覚めてから話し合うことになったわ」

母さんが父さんの目の前の席に座り、麦茶らしき液体が入ったグラスを置いた。

「そうか」

「怒らないの？　すぐにでも退部させたかったのでしょう？」

珍しく返答が弱々しい父さんを不審に思ったのか、母さんが眉根を寄せている。

「啓志《けいし》と亜希菜《あきな》から電話が来て、すごい剣幕で叱られた。子どもの人生を勝手に決めるなって。とりあえずは、壮吾が目覚めるのを待つ」

父さんの口から出てきた名前に驚いた。ふたりは父さんの弟と妹で、俺にとっては叔父と叔母だ。

住んでいる場所は近いものの、父さんと折り合いが悪くて最近ではあまり会わなくなってきていた。けれど、さすがに俺の件を耳にして父さんに接触を図ったのかもしれない。

ふたりは父さんの考えとは全く違っていて、俺らを見るたびに子どもには自由に将来を決めさせるべきだと言っていた。

「澪《みお》が退部届のことを話したみたいだ」

「……そう」

相内澪。叔母さんの娘であり、俺の従妹だ。澪は昔から叔父さんにも懐いていたから、今回のこともふたりに報告したのだろう。

ただ、俺のためなのかというと微妙なところだ。澪とは同じ高校だけど、俺よりも和人の方に懐いていて、今日も和人を追いかけて家まで来ていた。

澪は遊びに誘って和人がダメなら仕方なく「壮ちゃんでいいや」といった感じで普段から和人の代わりとして接してくる。そして俺も、特に用事がなければ澪に付き合う。俺たちはそんな関係だった。

「そこまでアイツを追い詰めていたのか？」

父さんの問いに母さんはなにも答えなかった。この人は自分がどれだけ周囲に価値観を押しつけているのかを自覚していない。

けれど黙り込んでしまった母さんを見て、父さんは落ち込んだ様子で目を伏せた。

「俺はきちんと道を決めてやるのが一番いいと思っていたんだけどな」

常に自分が正しいのだと自信を持っている人だったため、こんなにも弱気の父さんを見るのは初めてだ。母さんも面食らったような表情で父さんを見つめている。

「……今日、担任の先生と一緒にクラスメイトの子も来たのよ」

「そうか」

「そしたらね、壮吾の将来を決めるのは壮吾自身だって。壮吾からから絵を奪わないでくださいって泣きそうになりながら言っていたの」

母さんが言っているのは中村さんのことだ。俺のことを、あんなにも必死になって話してくれた彼女の姿に、あのとき少し泣きそうになってしまった。

「私、それを聞いてからずっと考えていたの。あの子の絵を何度も見返して、なにを見て、なにを思って描いていたのか」

俺のクロッキー帳をテーブルに広げて、父さんに見せていく。おそらくは初めて見たであろう俺の絵を父さんはただ黙って眺めていた。

こんな絵はダメだと烙印《らくいん》を押されてしまったらと思うと怖いけれど、今の俺が止めようと叫んだところでどちらにも声は届かない。

「気づかない？　あの子の絵、風景ばかりで人がいないの」

「どういうことだ？」

どくりと、幽霊であるはずの俺の心臓が震えた気がした。それは大きな動揺だった。母さんがなにに気づいてしまったのか、描き手の俺にはわかってしまう。

「描きたくなかった、ということだと思うわ。……そうさせてしまったのはきっと私たちね」

ずっと人がいる世界を描くことを避けていた。抑圧する人も、傍観する人も、軽蔑してくる人も、嫉妬を向けてくる人もいない。

誰もいない世界。そんな世界を求めて風景ばかり描いていた。

「でもね、こんなにあるクロッキー帳の中で一ページだけ違っていたの。ほら、見て」

開かれたページには、鉛筆で描かれている女子生徒。それは今日、母が彼女本人に見せたあの絵だった。

眩しかったその一瞬を、どうしても切り取って残しておきたいと思った唯一の存在。あまりよく知らないクラスメイトのはずなのに、どうしても今描かなければ後悔する。そんな気がして、許可なくこっそりと彼女が教室から去ったあとに描いてしまった。

「この子が今日来てくれたクラスの子なの」

「壮吾の彼女なのか」

「違うみたい。でも絵は素直ね。壮吾の考えていることがずっとわからなかったけれど、ようやく少しわかるようになってきたわ」

父さんは意味をわかっていないようで眉根を寄せていたけれど、母さんには絵を通して俺の心情がバレてしまっているみたいだった。

絵から浮き彫りになっている感情は、中村さんには伝わらなかったようなので、ホッとしたような複雑な気分だけれど、今後のことを考えたら知られない方がきっといいはずだ。

「……壮吾を医者にすること、きっと貴方はまだ諦められないでしょうけど、絵を続けていくことくらいは認めてあげて。捨てろなんて言わないで」

ぽたりと温度のない雫《しずく》が頬を伝って、宙に消えていく。体と一緒で涙も自分以外には触れられないらしい。

言い表せない感情が胸の中に弾けて、広がってじわりと溶けていく。

「あの子が目を覚ましたら、ちゃんと話をしましょう」

父さんはなにも言わなかった。けれど、反対もしなかった。つまりは父さんにとってそれは肯定だ。

目覚めたあと、俺たち家族の形がどうかわるのかはわからない。いくら話しても理解し合えない可能性だってある。だけど、初めて母さんが俺のことと向き合ってくれていた。それだけでもこの家では大きなことだ。

九月の記憶は取り戻しつつあるけれど、まだいくつか虫食いのように失ってしまっている記憶が残っている。

すべてを取り戻したら、俺はどうなってしまうのだろう。

記憶のピース

家を出ると、外は快晴で秋の空は澄み渡っている。ここ最近吹いていた指先が冷えるような風もないため、今日は比較的暖かく感じた。私はブレザーを鞄に押し込んで紺色のカーディガンのまま、歩き始める。

通りかかった家の外壁に『秋祭り』と書いてあるポスターが貼られているのが目に留まった。このあたりでは九月の最後の週末に、神社や公園の一帯を使って秋祭りが行われる。

「もう秋祭りの時期なんだね」

「昔、何度か叔父さんが連れていってくれたな」

染谷くんが足を止めると、懐かしむような柔らかい表情になった。どうやらいい思い出のようだ。彼の隣に立ち、話の続きに耳を傾ける。

「小学生くらいだとさ、夜に外に出られるのって特別感があってわくわくしたんだよね」

「わかる。私もお祭りの夜は好きだったなぁ」

　小学生のときは、夕方のチャイムが鳴ったら帰らなければいけなかったけれど、お祭りの夜だけは遅くなることが許された。

「もうずっとお祭りなんて行ってないけど」

　染谷くんの横顔は諦めたように寂しげで、まるで二度と行く機会のない場所だと思っているように見える。

「なら、行ってみようよ！　せっかくだしさ！　ね？」

「え、あ……そう、だね」

　歯切れの悪い返答に、焦りが芽生える。染谷くんは霊体のため、行ってもなにも食べることもできない。私だけが楽しむことになってしまう。配慮が足りていなかった。

「ごめん、強引過ぎたね」

「ううん、そんなことないよ。お祭り行ってみたかったんだ」

　気を使わせてしまったかと思ったけれど、染谷くんはポスターに載っている写真を眩しそうに目を細めながら見つめている。

「お祭りの雰囲気って好きなんだ。絵に残したいけど、スケッチできないのが残念」

「それなら目にしっかり焼きつけておかないとだね！」

　染谷くんは目を見開くと、一瞬だけ私に視線を向けてからすぐに逸らした。

「どうしたの?」

「あのさ、もしも俺の……」

言いかけて、口を噤《つぐ》んでしまう。そしてぎこちなく微笑んだ。

「なんでもない。明日、楽しみにしてる」

踏み込んで悩みがあるのかと聞くべきか迷ったけれど、私は触れることができずに頷いた。

＊＊＊

昼休み、いつものように机をくっつけて三人で集まりつつ、昼を食べているのは私だけだった。というのも、花音と宇野ちゃんは必死に数学のプリントを解いている。

「今日提出とか知らなかったんですけどー！　豊丘詐欺だよー！」

「いや、言ってたって。あのとき花音、好きな俳優の交際報道に夢中で聞いてなかっただけっしょ。豊丘無実」

「えー……てか、ならなんで理紗はやってないの?」

「フツーに嫌過ぎて後回しにしてたら忘れた」

喋りながらも必死に手を動かしている花音と宇野ちゃんを苦笑して眺めながら、私はクリームパンを食べる。口の中でとろけるカスタードは卵感とバニラの甘い風味があって美味しい。

「朱莉～、お腹すいたー！」

「桃グミ食べる？」

「食べる～！」

持っていた桃味のグミを花音の口に放り込む。味が好きだったのか花音の顔が綻んだ。

「よし、終わった！」

「え、理紗もう終わったの！　ちょっと待って！」

プリントを終えた宇野ちゃんは花音を待っている間、携帯電話をいじり始める。

「あ、そうだ。花音がかっこいいって言ってた先輩、彼女と別れたらしい」

「ええっ！　うっそー！　こないだまで仲よさそうだったのに！」

花音が手を止めて、大きなリアクションをとる。今にも宇野ちゃんを質問責めにしそうだったため、「プリント終わらせないと」と割って入った。

「うー、やばい。理紗その話はあとで詳しく！」

花音はそわそわと落ち着かない様子で手を動かし、下段の空欄を埋めていく。最後に名前を記入すると、解放感に浸るように机に伏せた。

「は〜、もうしばらく数字見たくない」

「購買行くついでに提出しに行くよ、花音」

「はぁい。じゃあ、朱莉行ってくるね〜」

プリントとお財布を持って教室から出ていくふたりを見送り、残りのクリームパンを咀嚼する。すべて食べ終えてレモンティーのパックを飲んでいると、誰かに名前を呼ばれた。

「ちょっといい？」

振り向くと、宮山《みややま》くんが落ち着かない様子で手招きしてくる。彼に呼ばれるがまま、席を立った。

宮山くんはクラスの中でも明るくて気さくな人なので、時々話すことはあるけれど、こうして呼ばれるのは初めてのことだ。それに普段よりも宮山くんの様子が妙で、緊張しているように見える。

ドアの方まで連れていかれると、一度周囲を気にしてから宮山くんが小声で話し始める。

「あのさ、明日って空いてる？」

「明日？」

「秋祭りあるから、中村さえよければ一緒にどうかなって」

意味を理解するまでに数秒かかった。

秋祭りに行こうと誘われるほど仲がいいわけでもなかったため、複数人で一緒に行くのかもしれない。そう考えてみたけれど、頬が紅潮している宮山くんは気軽に誘っているようには見えなかった。

「もしかして用事ある？」

すぐに返答しなかった私の顔色をうかがうように宮山くんが覗き込んでくる。

口を開こうとしたときだった。

「中村さん」

名前を呼ばれた気がして、振り返る。これだけ人がいて、話し声が飛び交っているというのに、彼の声だけはすぐにわかってしまう。

染谷くんと視線を合わせながら、なにも言えずにただ立ち尽くす。そして染谷くんの手がこちらに伸ばされると、宮山くんがその手を遮るように回り込んできた。

「中村？　どうかした？」

宮山くんの体を染谷くんの手がすり抜けていく。触れられないだけでなく、存在に気づかれることもない。染谷くんは我に返った様子で宮山くんから距離を取っていく。彼がどこかへ行ってしまう気がして、私は引き留めるように声を上げる。

「ごめんね」

染谷くんと宮山くん、両方の視線が私へ向いた。

「私、約束があるんだ」

宮山くんは明らかにがっくりと肩を落として、「わかった」と返すと男子の輪に戻っていった。

染谷くんが近づいてきて、「よかったの？」と不安げに聞いてくる。私は独り言に見えないように口元に手を添えて、こっそりと答える。

「いいの。だって、染谷くんと行くの楽しみなんだもん」

安堵したように染谷くんが「俺も楽しみ」と返してくれる。

「花火も上がるんだよね」

「打ち上げ花火なんて、すごく久しぶりに見るな」

他愛のない話をして、笑いかけてくれる。そのことが私にとってどれだけ幸せなことなのか、きっと染谷くんは気づいていない。

＊＊＊

放課後、帰り支度をしながら宇野ちゃんと花音と喋っていると、花音が不意に染谷くんの席を見やる。

「染谷くん、早く目覚めるといいね」

「もうすぐ一週間が経つもんね。心配だね、朱莉」

宇野ちゃんも私を慰めるように言った。近くに染谷くんがいたため、私の好意を知られてしまうのではないかと焦り、彼のいる位置から表情が見えないようにして頷いた。

「あ！」

「どうしたの、花音」

「あの子だ。前に言った染谷くんと話していた後輩」

花音が見つめている先には、強張った表情で教室を覗いている女子生徒の姿。

「なんで……」

見覚えのある人物に私とほぼ同時に染谷くんも声を漏らす。染谷くんの家に行ったときに会った子で間違いない。

「相内澪。俺の従妹なんだ」

横で染谷くんが教えてくれた内容だけでなく、花音が事故の前に染谷くんと話していたと言っていた女子が彼女ということにも驚かされた。それに私は、染谷くんの家で会うよりも前に相内さんと出会っている。見えなかったものが少しずつ繋がっていくのを感じた。

「さっき竹原《たけはら》さんが俺と澪が話してたって言ってたけど……俺らは学校で今まで話したことなかったはずなのに、なんでだろう」

学校では話さなかったふたりが、九月の事故前に一緒にいた。これは偶然なのか、それとも彼女が関わっているのだろうか。

どうやら相内さんが探していたのは私のようで、「ちょっといいですか」と強気な口調で声をかけられる。

「話があるんですけど」

彼女の態度に呆気《あっけ》に取られたものの、頷いて了承した。私も相内さんには聞きたいことがある。

心配そうにしている宇野ちゃんと花音を安心させるように「またね」といつも通り

に別れの挨拶を交わして、カバンを肩口にかけて教室を出た。

「それで、話ってなに？」

「学校のすぐ近くまでついてきてください」

相内さんは指定する場所に到着するまで、一切用件を話す気はないようだった。とりあえず彼女についていくことにして、半歩後ろを進んでいく。

「ごめんね。態度悪くて」

謝ってくれる染谷くんに、気にしてないよと口に出せない代わりに小さく首を振る。

「昔から気が強くて、人と揉めやすいんだ」

染谷くんの話によると、染谷くんの弟にすごく懐いている相内さんには、排他的なところがあり、彼以外の人には突き放すような態度を取ることが多いそうだ。

「和人の前だと極力いい子でいるけど、俺の前だとわがまま言い放題なんだ。叱るとすぐ泣いて癇癪《かんしゃく》起こすから本当に気をつけて」

年齢はひとつしか離れていないけれど、染谷くんの話しぶりからするとまるで歳《とし》の離れた妹のようだ。強気な反面、精神面が脆《もろ》く打たれ弱いらしい。

相内さんに連れていかれたのは、学校を出てすぐの小さな公園だった。公園といっても遊具は滑り台くらいしかなく、あとはベンチが設置されているだけの物寂しい場所だった。

ベンチに座っていた人物が立ち上がると、こちらへ歩み寄ってくる。私を呼んだのは、おそらく相内さんではなく染谷くんの弟だ。

「どうも」

ぶっきらぼうな一言を発すると、高圧的な眼差しで私を見下ろしてくる。染谷くんと顔立ちは似ているけれど、醸し出している雰囲気は刺々しい。

「昨日はお邪魔しました。それで、話ってなにかな」

警戒をしつつ笑顔を浮かべながら、できるだけ柔らかい声音で聞いてみた。弟の和人くんは仏頂面のまま、薄く口を開く。

「アイツと仲いいんですよね」

和人くんの言い方に苛立ち、顔が強張る。

「もしかして、お兄さんのこと？」

「そうです」

まるで染谷くんのことを兄と呼びたくないかのようだ。

「家のこと、なにか聞いていましたか」

「なにかって？」

「彼女なら、アイツもいろいろと話しているんじゃないですか」

　和人くんも相内さんも、私が染谷くんの彼女だと誤解しているようだ。それをあえて否定することなく、ほんの僅かな動揺も見逃さないように、和人くんをじっと見つめる。

「話されて困ることがあるの？」

「ありません。ただ仲のいい家ではないので、アイツが他人に余計なことを話していないか心配なだけです」

　和人くんの鋭い眼差しに、気を抜くと萎縮してしまいそうになる。けれどこれは私にとって、染谷くんの消えた九月の記憶を探るチャンスでもあるのだ。地面を踏みしめて臆病になりそうな心を鼓舞する。

「その確認のためにわざわざ呼び出すなんて、やっぱり知られたくないなにかがあるんじゃないの？」

「違うって言ってるでしょ！」

　相内さんが困惑に塗られた表情で焦るように口を挟んだ。彼女は思ったことが顔に出やすいようだ。

「そうやって動揺して取り乱しているのは、肯定しているようなものだよ」

「そっちが嫌な言い方してくるから！」

和人くんが確認をしたい内容は、彼女なら染谷くん本人から聞いていてもおかしくないことなのだろう。そう考えると、あることが頭に浮かぶ。

責め立てたくなる感情を必死に堪えながら、ようやく糸口を見つけたひとつの真実に触れる。

「染谷くんの腹部や腕に痣があるの知ってる？」

びくりと肩を揺らして、和人くんは明らかな動揺を見せる。すぐ傍に立っている染谷くんも驚いているようだ。九月の記憶がないため、身に覚えのないことなのだろう。

「暴力を振るったのは、和人くん？」

答えを聞かなくても、彼の態度を見ていれば答えているようなものだ。

和人くんは苦々しく顔を顰め、拳を固く握りしめた。

「……あの日のこと話してたんだな」

暴力を振るうほどの喧嘩が起こったのか、それとも一方的なものだったのかはわからない。けれど相内さんは青ざめた顔で震えていて、事情を知っているようだった。

「あ、あの日はカズくんいろいろあってストレス溜まってて、それで壮ちゃんにあんなことしちゃっただけ！」

「澪、お前は黙ってろ」

「壮ちゃんが勉強頑張っているカズくんに〝勉強が全てじゃない〟なんて言うから！」

相内さんが叫ぶと、染谷くんが痛みを堪えるように頭を抱え出した。彼の異変に困惑しながらも、声をかけるわけにもいかず歯痒《はがゆ》さを感じる。ここで話しかけてしまえば、相内さんと和人くんに不審な目で見られるだろう。そうなると知りたいことをすべて聞く前に話が終わってしまう。

「カズくんだけが悪いんじゃないよ！」

「いいから、落ち着けって」

「だって！」

相内さんと和人くんが口論していると、染谷くんが細く短い息を吐きながら、覇気のない動きで顔を上げた。その目には暗い影が落ちている。

「俺が余計なことを言ったからだ」

自分を責めるように、染谷くんがおもむろに話し始めた。

「玄関でふたりと会ったとき、和人の機嫌が悪くて澪にきつく当たってて……」

進学校に通っている和人くんは頻繁にテストがあるらしく、そのときは本人の納得のいく結果ではなかったそうだ。

顔色が悪く、追い詰められているような和人くんを見ていられなくて、染谷くんは『無理して勉強せずに、休んだほうがいいんじゃない』と声をかけたらしい。

「それで努力している和人に向かって無神経に、勉強だけが全てじゃないって言っちゃって、それで和人が怒って……ちょっと喧嘩になったんだ」

相内さんと和人くんの話を聞いているうちに染谷くんは失っていた記憶のひとつを思い出したようだった。痣の理由は、怒った和人くんによるもので間違いないみたいだ。

「壮ちゃんが家の決まりから逃げたから、カズくんばかり伯父さんにきつく言われるようになったのに」

「家の決まり？」

いったい何がと疑問を投げかけようとしたところで、染谷くんのお母さんが言っていたことを思い出した。染谷くんの兄と弟は医者を目指していて、染谷くんだけ医者を目指すことなく絵を描いている。そのことに染谷くんのお母さんは否定的だった。

相内さんが横目で私を睨むと、への字に曲げた口を不満げに開く。

「カズくんたちの家は、みんな医者を目指してたの。それなのに壮ちゃんだけ反発して、やめたんだよ！」

　先ほどまでは余計なことを話すなと相内さんを止めていた和人くんは諦めたのか、深いため息を吐いてから私の方へ向き直る。

「家の決まりから逃げて、好き勝手やってるアイツを見てると、イライラした」

　非難するような物言いをしながらも、薄く目に膜が張り、苦痛に歪めた表情を見せた。それは染谷くんに対する怒りというよりも、悔いているようにも見える。

「なんで……ひとりだけ」

　まるで置いてきぼりをくらってしまった幼い子どものようで、今まで威圧的に見えていた和人くんが急に弱々しく感じられてしまう。

「和人くんは、お兄さんが羨ましかったの？」

　私の問いかけに体を強張らせた和人くんは、認めたくない様子で視線を彷徨わせる。

「俺はただ、アイツだけやりたいこと自分で決めて、反対されても結局好き勝手やらせてもらってるし、叔父さんたちまで味方につけるのが……」

〝ずるい〟と続けようとしたのか、口を噤むと和人くんは口元を片手で覆った。子どもが駄々をこねるような感情を自覚してしまい、戸惑っているのかもしれない。

「カズくん、本当は医者になりたくないの？」

相内さんが和人くんを心配するように顔を覗き込むと、和人くんは消えそうな声で「わからない」と呟いた。

「ずっと医者になれって言われて育ってきたから、今更それ以外の道なんて思い浮かばない」

和人くんの口元を隠していた手が緩慢な動作でだらりと落ちる。

「壮兄だって同じだって思ってたのに。急に絵なんて始めて父さんたちに逆らって叱られてばかりで、そんなのかっこ悪いって軽蔑した」

「和人。ごめん、俺」

「壮兄はいつも俺よりすごくて、ずっと壮兄みたいになりたかったのに」

「自分のことばっかりで和人の気持ち、なにも気づけなかった」

染谷くんが和人くんにどれだけ言葉を向けても、透明な声は届くことはない。

きっと和人くんは染谷くんのことが好きで憧れていて、それなのに違う道を進み出したことが悲しくて、羨ましかったのかもしれない。

「私に会いに来たのは、どうして？」

痣の件の口止めをするために会いにきたのだと思っていた。けれど、もしかしたら別の理由があるのかもしれない。

和人くんはなにか言いたげに、口を薄く開いたり閉じたりを繰り返す。そして掠れた声を漏らした。

「壮兄は自殺じゃないって本当ですか？」

「おそらく事故だって言われているみたいだけど……和人くん、自分のせいかもって思っていたの？」

「壮兄にひどいこと言って責めたから、俺が追い詰めたのかもしれないって思って」

だから彼女という立場であれば、染谷くんから事情を聞いていて、意識を失う前の様子を知っているのではないかと考えたようだった。

「そんなこと……っ、違うよ。むしろ俺の方が和人を傷つけるようなことを言ったから……」

染谷くんは首を横に振って、和人くんへ必死に言葉をかけるけれど、和人くんの視線が彼に向けられることはない。届かないその声を、私が代弁する。

「和人くんのせいじゃないよ」

まだ階段から落ちた日のことがすべてわかったわけではない。けれど、和人くんとの喧嘩だけが染谷くんを追い詰めたわけではないはずだ。

「染谷くんは、和人くんのことを傷つけたんじゃないかって後悔してた」

今にも泣き出しそうな子どものように和人くんが顔を歪めて眉を寄せた。

「だから、染谷くんが目を覚ましたら話をしてみて」

木の葉を掃くような風が吹くと、和人くんの前髪が揺れて目元にかかる。その姿が染谷くんとよく似ていた。傍に立っている染谷くんは、見守るような優しげな眼差しを和人くんに向けている。

私は学校にいる染谷くんしか知らなかったけれど、お兄さんなのだなと、このときはじめて思った。霊体になったばかりの頃は家を避けている様子だったけれど、今はもうあのときとは違う感情が彼の中に存在しているかもしれない。

相内さんの方へ向くと、視線が重なり身構えられてしまう。気の強い雰囲気は身を潜めて、今はなにかを怖がっているように見える。

「もうひとつ、相内さんに確認したいことがあるんだけどいいかな」

「な、なに」

「染谷くんの事故が起こった日、昇降口で彼に声をかけていたのは相内さんだよね」

相内さんはわかりやすく青ざめ、肩を震わせた。明らかに様子がおかしい相内さんを和人くんは訝しげに見つめているので、どうやら和人くんは知らないらしい。

「なんで、そんなこと」

「染谷くんが一年生の子と話しているのを見たって人がいるんだ」

この反応を見ると、花音が言っていた相手は間違いなく相内さんだ。染谷くんの事故になにかしら関与しているのかもしれない。

「染谷くんになにかお願いをしていたよね」

「だったらなに！　別にいいじゃん！」

「帰ろうとしていた染谷くんを引き止めて、非常階段に行かせたのは相内さん？」

余程触れられたくないことなのか、相内さんは震えながら目に涙を溜めている。

「染谷くんが非常階段から落ちたとき、最初に発見したのは私なの」

「え……」

「染谷くん、ローファーを履いてた。一度靴を履いてから、わざわざ校舎の外を回って非常階段に行ったってことだよね」

廊下から非常階段へ行けるようになっているため、履き替える必要はないはずだ。それなのにローファーにわざわざ履き替えてから非常階段に行っていたことに、ずっと引っかかっていた。

「いつでも帰れるように誰かを待っていたみたいに思えるんだけど」

「そ、それは」

「私ね、その日慌てた様子で走っていた相内さんと昇降口でぶつかったんだ」

相内さんは逃げ場を探すように視線を泳がせる。すると和人くんと視線が合い、硬直してしまう。和人くんはなにも言わなかったけれど、相内さんは肩を震わせながら俯き、ぽたぽたと涙をこぼす。

「でも……っ私が、行ったときにはもう救急車が来てて、壮ちゃんは落ちたあとだったの！　だから、私じゃない！　突き落としたりしてない！」

相内さんの話によると、生徒たちが突き落とされたのではないかと噂しているのを聞いて、約束していた自分が疑われるのではないかと怖くなって言い出せなかったらしい。

染谷くんが目覚めないこともあり、毎日誰かに知られてしまうかもしれないという恐怖と、話さない罪悪感に押しつぶされそうになっていたみたいだった。

「よければどんな約束をしていたのか聞いてもいい？」

相内さんは弱々しく頷くと、消えそうな声で「カズくんの誕生日プレゼント一緒に買いに行こうってお願いしたの」と話し出した。

「カズくんと壮ちゃんが仲直りのきっかけになればって思ったんだけど、こんなことになるなんて……っ」

「そうだ。あの日、帰ろうとしたときに澪に声をかけられたんだ」

染谷くんは当時のことを、ひとつひとつ思い出すように口にしていく。

「和人の誕生日プレゼントを一緒に選んでほしいってお願いされたんだった。それで澪の掃除が終わるまでの間、昇降口は騒がしいから非常階段で待つことにしたんだ」

相内さんは嘘をついていないようで、染谷くんとの話にもズレはない。

「でも、俺は澪が来る前に落ちたのは間違いないと思うんだけど……落ちる直前のことが未だに思い出せないな」

染谷くんの事故の日、なにが起こったのかがようやく見えてきた。コンテストに落選し、描いていた絵も破かれて落ち込んでいたところに、相内さんが声をかけた。そして彼女を待つために、染谷くんは非常階段へ行き、事故が起こった。落ちる直前だけ思い出せないということは、そこにも隠されたなにかがあるのかもしれない。

「黙っていて、ごめんなさい」

泣いている相内さんに和人くんは優しい言葉をかけたりはしないものの、そっと頭に手を置いた。

「澪は昔から嘘は下手なんで、本当のこと話していると思います」

染谷くんの反応を見ても和人くんの言う通り本当のことを話しているのは間違いな

さそうなので、怯えながらも真実を打ち明けてくれた相内さんにお礼を告げる。

そろそろこの場を離れようと考えていると「中村さん、ありがとう」という声が聞こえてきた。

和人くんと相内さんが発した様子もなく、彼のことを探すけれど見当たらない。近くにいたはずの染谷くんがどこかへ行ってしまった。焦燥感を覚えて、つい名前を口にしそうになる。

「中村さん？」

いつのまにか染谷くんが和人くんの横に立っていて、私は目を瞬かせた。染谷くんがいないように感じたのは気のせいだったのかもしれない。

「急に呼び出してすみませんでした」

その声に思考が一気に霧散して、和人くんへ意識を向ける。それから和人くんと相内さんさんは、軽く頭を下げてから去っていった。

「巻き込んでごめんね」

申し訳なさそうに眉を下げている染谷くんに気にしなくて大丈夫だと笑いかける。

「私の方こそ、事情も知らずに口出しちゃってごめんね」

「そんなことないよ。それに俺の家はちょっと特殊だから」

　お父さんに将来を決められて過ごしていた彼らは、幼い頃から自分の感情を抑えて育ってきたのかも知れない。

「将来も夢も誰かが決めるものじゃなくて自分で決めるものだって、私は思う」

「……うん」

「好きなことを見つけて、自分の道を決めたことに罪悪感を覚えなくていいんだよ」

　染谷くんが頭を低くして目を伏せる。自分だけが家の決まりから逃げてしまったと自責の念に駆られているみたいだった。

「染谷くんは逃げたんじゃないよ。好きなことを見つけただけ」

　絵という好きなものを見つけて、それを選んだことはいけないことではない。

「それに和人くんだって、この先好きなものが見つかって別の道を歩むことだってあるかもしれないよ」

　医者以外の道を考えたことがないと言っていた和人くんにだって、染谷くんのようになにかと出会って夢中になることがあるかもしれない。

「もしもそうなったら、染谷くんが応援してあげたらいいんじゃないかな」

　顔を上げた染谷くんの目には、光が差し込んでいるように見えた。表情が僅かに明るくなり、柔らかく笑った。

「そうだね。そういう日が来たら応援したい」

好きなものを見つけて夢中になっている染谷くんのことを羨んでいた和人くんの気持ちは、私にも少しわかる。好きなことが見つからなくて、まだ将来のことなんて、なにひとつ私には想像がつかない。

「俺のことを視えるのが中村さんでよかった」

「私も」と短く返す。霊感なんてないはずの私が彼のことだけ視えたのは奇跡だ。

そう考えながら、疑問が頭に浮かぶ。事故が起こったとき最初に彼を見つけた私にだけ染谷くんの姿が視えている。染谷くんの消えた九月の記憶と、私もなにか関係があるのだろうか。

＊＊＊

翌日の土曜日、夕方から大忙しで準備をして、お母さんに浴衣を着せてもらった。

深みのある紅色の地に秋草模様の柄が入った浴衣は、従姉にもらったままクローゼットの中で眠っていた。なので、この浴衣を着るのは今日が初めてだ。

髪型は緩く編み込みをして後ろでまとめている。

準備が整うと階段を下りて、染谷くんが待っている玄関の方へと向かう。

気合入り過ぎだと思われてしまうだろうか。だけど染谷くんとお祭りに行くせっかくのチャンスだ。今日くらい思いっきり楽しい思い出を作りたい。

落ち着かない気持ちで足を進めていくと、玄関にいた染谷くんが振り返った。

目が合っているはずなのに染谷くんは無言のまま、表情を変えずに立っている。そしてすぐに視線を逸らされてしまった。

リアクションがなくショックを受けたものの、気まずい空気を変えるために極力明るい声で話しかける。

「時間かかっちゃってごめんね。行こっか！」

「あ、」

なにかを言いかけて止まった染谷くんに首を傾げると、視線が再び合う。数秒無言が続いたあと、染谷くんが口を開く。

「浴衣」

その単語にどきりとした。触れてはくれないのかと寂しかったけれど、いざ触れられるとどんな感想を抱かれているのだろうと怖くなる。

そして染谷くんはほんの少し照れたように笑みを浮かべた。

心臓が驚くほど飛び跳ねて、脈打つ速度が上がっていく。褒めてもらえたおかげで、今日の努力が一気に報われた。全身頑張った甲斐《かい》があった。

「ボルドーの浴衣って初めて見るけど、すごく綺麗な色だね」

「う、うん！　季節的にも秋色の浴衣がいいかなって思って」

「中村さんに似合う」

そのままうずくまって両手で顔を覆いたいくらい、嬉しさに飲み込まれそうになる。この浴衣にして正解だったと心の中で、浴衣をくれた従姉に感謝する。

「ごめん、俺なんか変なこと言った？」

急に黙ってしまったため、不安げに染谷くんが顔を覗き込んでくる。いつもよりも少しだけ距離が近く感じて、大慌てで後ろに下がって首を横に振った。

「そんなことないよ！　ただ、嬉しくて！」

勢い余って素直に言ってしまい、顔の熱が上がっていく。どうせならもう少しかわいらしく気持ちを伝えたかった。

目をまん丸くした染谷くんは、すぐに表情を緩めると「それならよかった」と笑って言った。

「似合うね」

家を出る頃には、ラムネ色の青空に茜色の滴が垂らされたように滲んで表情を変えていく。夜を迎えると一気に人が増えるため、その前に露店を一通り見ておきたい。

普段は静かな町に、今日は祭囃子《ばやし》の太鼓や笛の音と掛け声が響いている。

「お祭りの日って感じだね」

浴衣姿で駆けていく小学生たちを眺めながら、染谷くんが小さく笑う。けれど、どことなく寂しげに見えるのは何故だろう。

「染谷くん、なにかあった？」

昨日の和人くん関連のことで、なにか悩んでいるのだろうか。そう思って聞いてみると、染谷くんは「あとで話すよ」と言って、それ以上はなにも教えてくれなかった。

神社に近づくと赤い提灯《ちょうちん》が行く道を照らすように連なっている。参道は、小学生や幼い子どもを連れた親子で既に賑わっている。綿飴《わたあめ》の甘い匂いや、香ばしいたこ焼きの匂いが熱気とともに、私の鼻腔《びこう》をくすぐった。

「ぐるっと見て回っていい？」

小声で染谷くんに聞いてみると了承してくれたので、露店を端から見て回っていく。

ストラックアウトと大きく看板が出ている場所に小学生たちが集まっていて、楽しげにはしゃいでいる。どうやら狙った数字にボールを三回当てると景品がもらえるらしい。

通り過ぎていくと、空腹を刺激するような匂いがしてくる。視界に入ったのは、じゃがバターのお店だ。そこに並んでいる男子の集団のひとりに見覚えがあり、私は思わず立ち止まった。

すると向こうも私に気づいたのか、輪を抜けてこちらへ歩いてくる。気まずいけれど、逃げるわけにもいかないので軽く会釈した。

「早瀬先輩、こんばんは」

「来てたんだ。誰かと待ち合わせ？」

早瀬先輩には彼の姿が視えていないため、曖昧に笑みを返してしまう。告白を断った直後に染谷くんのことがあったため、会話を交わすのはあの日以来だ。

「この人、どこかで……」

染谷くんが独り言のように呟き、首を傾げている。早瀬先輩は目立つから染谷くんも見たことがあるのかもしれない。

「あの男子、まだ目覚めてないんだって？」

頷いてから、横にいる染谷くんを見やる。なにかを考えている様子だった。

「この間は無理やりあんなことして困らせたよな」

「いえ……」

「告白したら上手くいくだろって思ってた。だから、断られたとき動揺してあんなカッコ悪いことした。本当にごめん」

頭を下げて謝罪してくれる早瀬先輩に、私も誠意を持って伝える。

「私、好きな人がいるんです。だから、ごめんなさい」

早瀬先輩はあの日よりも落ち着いた様子で「わかった」と返してくれた。

「話してくれてありがとな」

軽く手を振って再び集団の中へと早瀬先輩は戻っていく。人がだんだんと増えてきた。急がなければと染谷くんに視線を移すと、呆然としている。

「染谷くん？」

私の声が届いていない様子で、染谷くんは前髪を片手でくしゃりとさせた。

「そっか、だから……」

「どうしたの？」

今度は私の声に気づいたようで、繕った笑みを浮かべて首を横に振る。

「他のところも見て回ろう」

先ほどよりも元気がないように見えるけれど、触れてほしくなさそうで、かけるべき言葉が思い浮かばなかった。再びふたりで露店を見て回りながらも、どうしても染谷くんの様子が気になってしまう。

「あ！」

ドリンクが売っている露店に、瓶に入ったラムネがある。染谷くんが描いていた絵を思い出して、私はラムネ瓶を二本購入した。

「二本買うの？」

不思議そうに問われて、口元に手を添えながら「私と染谷くんの分」と話す。

「でも俺、こんな体で飲めないのに」

「元に戻れたら、一緒に飲もう」

瓶を一本掲げてお祭りの風景を映すと、涼しげな淡い青の瓶に提灯の光が差し込む。

「染谷くんが今日を描いたら、どんな絵になるのかな」

彼が好きなものを詰め込んだラムネ瓶の中の世界を、またいつか見ることができるだろうか。そんなことを思いながら振り向くと、染谷くんが目を伏せていた。

ラムネは今飲まずに持ち帰ることにして、私は露店で焼き鳥やかき氷などを軽くたべてから染谷くんと一緒に社務所の裏側へと移動した。

　空はいつの間にか夜を纏い、生い茂った木々の至る所から虫の鳴き声が聞こえてくる。多くの人たちは花火が見えやすい駐車場の方面に移動しているため、ここには私たち以外誰もいない。

「ここからでも花火が見えるなんて知らなかったな」

「小学生の頃に迷い込んだことがあって、それで知ったんだよね」

　穴場スポットだけど、他に人がいないのは虫が多いからだろう。このときのために私はあらかじめ虫除《むしよ》けのスプレーをしてきた。

「花火楽しみだねー！」

　視線だけ隣に流すと、染谷くんは口を結んだまま空を見上げている。

　ここ最近ずっとなにかを考え込んでいるようだったけれど、早瀬先輩と会ってからは更に様子が変だ。

　私はそれを聞きたいような聞きたくないような複雑な気持ちだった。

「あのさ、中村さん」

　きっと彼は、これから大事なことを話そうとしているのだと思う。

「話があるんだ」

　私は肺に溜め込んだ空気を吐き、彼の方へと体を向けて言葉を待つ。

「非常階段から落ちたときのことを思い出したんだ」

　先ほどから彼の表情を見ていて、頭のどこかでそんな予感はしていた。

　これで染谷くんの欠けていた記憶はすべて揃《そろ》ったのだろう。それなら元の体に戻れるかもしれない。嬉しいはずなのに、何故か胸騒ぎがする。

「え……？」

「あの日、非常階段に行って中村さんを見つけたんだけど、声をかけられなかった」

「誰かを待っているみたいだったから、気づかれる前に立ち去ろうとしたんだけど、さっきの先輩が来て、中村さんに告白したのを聞いちゃったんだ」

　染谷くんは盗み聞きのようになってしまうのはよくないと思いつつも、今動けば足音で気づかれてしまうかもしれないと息を殺して終わるのを待っていたそうだ。

「少しして中村さんが嫌がっている声が聞こえてきて、それで……助けなくちゃって」

　慌てて階段を下りようとしたところで、染谷くんは雨で濡れた階段で足を滑らせた。そして手すりを掴むことができず、バランスを崩した瞬間、走馬灯のように最近の出来事が彼の頭を過ったらしい。

「父さんに反発してまで選んだ道なのに結果を残せなくて、和人にも酷いことを言って。部活の先輩には嫌われちゃって、大事に描いていた絵は破かれてしまったし……本当散々だなって」

頭を垂らし、微かに震える手のひらを見つめながら染谷くんが深くため息を吐く。

「自分の手から離れていくクロッキー帳と鉛筆を掴む気力すら湧かなかった」

投げやりな気持ちになり、特に忘れてしまいたい出来事ばかりだったこの一ヶ月を消してしまいたいと強く思ったそうだ。

「それに、好きな子が困っているのに助けることすらできずに、足を滑らせるなんて本当かっこ悪い」

「え……」

「振られるとしても、想いを伝えたかったたって後悔した直後に意識を失ったんだ」

それが霊体になる前の、最後の記憶だそうだ。

夜空に眩しい光が広がる。大きな心音と重なるように、破裂するような音が響いた。

「俺が願ったから、中村さんにだけ俺の姿が視えていたのかもしれない」

赤と黄色、青に橙。光彩が私たちを照らして、溶けるように消えていく。

次の花火が打ち上がるまでに、一瞬だけ訪れる静寂は儚くて切ない。再び大きく花火が打ち上がると、染谷くんが唇をゆっくりと動かした。

「俺、中村さんのことが好きなんだ」

花火の音がずっと遠くに聞こえる気がした。そのくらい染谷くんの声が私の耳に鮮明に届いた。

「……本当に？」

「ごめん」

「どうして、謝るの？」

「さっき好きな人いるって言っていたから、困らせるってわかってる」

困るはずないと説明をしたいのに、言葉が喉元から上手く出てこない。あの春の日から密かに想い続けて、なかなか行動に移せなくて、絵を描く横顔ばかりを見つめていた。

「私……っ」

たった一言が、こんなにも重たくて涙が出そうになるほど、緊張するものだとは思わなかった。

不安げに私を見ている染谷くんの姿が滲んでいく。目尻に溜まった涙を指先で拭い、優しく吹いた夜風に想いをのせる。

「私も、染谷くんが好き」

伝えたい想いの半分も言葉にできていない。鼻歌を楽しげに歌っている可愛いところとか、優しい話し方とか、案外よく笑うところとか、絵と真剣に向き合っている姿とか、知れば知るほど染谷くんのことでいっぱいになっていた。

「それって、俺と同じ意味？」

「同じだよ」

染谷くんの反応は薄く、じっと私のことを見つめている。けれどすぐに顔を逸らすと、気の抜けたような長いため息が聞こえてきた。

「ごめん、ちょっと今思考とか感情が追いつかない」

わかりづらいけれど、染谷くんは照れているようだった。まさか自分だとは思っていなかったらしい。

次に花火が上がったタイミングで、染谷くんも顔を上げ私と視線が交わる。

私が笑うと、染谷くんがはにかむ。幸せなひとときを感じながら、彼の姿に変化が起こっていることに気づいた。

「透けてる……？」

霊体といっても私には他の人とは変わらない姿で視えていた。それなのに今の染谷くんの体は半透明で、彼の背後にある木が透けて見える。

染谷くんは自分の体の異変を指摘されても、特に驚いた様子はない。

「もうひとつ大事な話があるんだ」

心臓を揺らす花火の音がした直後、空を切るような自分の息遣いが聞こえてきた。

真剣な表情の染谷くんを見つめながら、言葉の続きを待つ。

「元の体に戻ったら、一緒に過ごした日々を覚えていないかもしれない」

「それって……忘れちゃうかもってこと？」

体に戻れないという話ではなかったことに安堵したものの、その代わり霊体で過ごした日々を忘れるかもしれないと言われて、動揺を隠せなかった。

「九月の記憶を取り戻すにつれて、幽霊になってからの日々の記憶がだんだん薄れてきているんだ」

霊体になったあと私とどう出会ったのかも今は朧《おぼろ》げで、必死に思い出さないとわからないこともいくつか出てきているそうだ。

きっと元の体に戻れば、この記憶は消えてなくなってしまう予感がするらしい。

「忘れたくない。でも……この体のままだったら、なにもできないから。そんなの嫌なんだ」

先ほどの告白も、染谷くんの中から消えてしまうはずだ。一緒に過ごした日々をなかったことにしたくない。それでも今私にできることは、きっと限られている。泣かないようにと必死に堪えて、口角を上げた。

「たとえ忘れちゃったとしても、私は染谷くんに生きてほしいよ」

霊体として過ごした日々が染谷くんの記憶から消えてしまったとしても、それよりも染谷くんが自分の体に戻ることの方が大切だ。

「けど、全部忘れるかもしれないんだよ。中村さんにもらった言葉も……全部」

「私は覚えているから。また何度でも染谷くんに話しかけに行くよ」

好きだと言ってくれたこと、私から好きと言われたことを全部覚えていてほしい。忘れないでほしい。そんな我儘《わがまま》を心の中に押し込めながら、体が薄くなっていく染谷くんに手を伸ばす。

彼の手の甲を私の指先は、すり抜けてしまった。

「染谷くん、最後にひとつだけお願いしてもいい？」

「うん。今の俺にできること、ある？」

残されたわずかな時間で、染谷くんに叶えてもらいたいことがひとつだけある。

私が手招きをすると染谷くんが身をかがめた。そして耳打ちする。

「　　　　」

すぐに姿勢を戻した染谷くんが目を見開いて、戸惑ったようすで顔を赤らめる。

「えっと」

嫌そうではなかったため、私はつま先立ちをして顔を近づけた。

「いいの？」

「いいの」

急《せ》かすように言うと、染谷くんは顔を僅かに傾けて距離を縮めていく。

好きだよ。染谷くんのことが、ずっと好きだった。

こうして透明になった彼と一緒にいて、更に好きになっていった。

気持ちが少しでも伝わるようにと祈りながら、私はそっと目を閉じた。

温度も、感触もない。けれど、このとき確かに重なった。たとえ、彼の記憶には残らないとしても。それでもかけがえのない時間だった。

目を開けると、染谷くんが先ほどよりも薄く消えかかっている。

「もう時間みたいだ」

元の体に戻れば、染谷くんには向き合わないといけない問題もたくさんあるはずだ。

それでも彼の人生に私は触れていきたい。眺めているだけの無関係な人間ではいたくない。

「中村さん、今まで一緒にいてくれてありがとう」

夜空に花火が光った。目が眩《くら》むような光に瞬きをすると、もう私の傍には誰もいなかった。

「そめ、や……くん？」

名前を呼んでも応えてくれない。辺りを見回しても、染谷くんの姿は見つからなかった。

力なくその場にしゃがみ込むと、鞄の中から何かがぶつかった音がした。中身を覗くと、先ほど購入したラムネが二本入っている。

それを抱きしめるとガラス瓶の冷たさを肌に感じて、目に涙の膜が張っていく。

ラムネは彼がここにいたことを教えてくれると同時に、もう傍にはいないのだと実感させた。

睫毛を上下させると、頬に生温い涙が伝う。一度溢れ出すと涙が止めどなく流れ、私は声を詰まらせながら咽《むせ》び泣《な》いた。

ラムネ瓶の中の世界

翌朝、目が覚めると彼はいなかった。染谷くんがよくいたベランダを覗いても、家中見回ってみても、どこにも姿はない。

幽霊になった好きな人と過ごした日々なんて、きっと誰かに話しても信じてもらえないだろう。霊感なんてないはずの私が唯一染谷くんの幽霊だけを視ることができたという話をしたところで、都合のいい夢でも見ていたのだと言われてしまいそうだ。

「染谷くん」

名前を呼んでも姿を現すことはなかった。霊体の染谷くんと過ごしていた日々は夢だったのだろうか。けれど、窓際に置いてあるふたつ並んだラムネ瓶を視認して、夢ではないと再確認する。

彼は確かにここにいた。それでもひとりぼっちになると心にぽっかりと穴が空いたように寂しくなってしまう。

溢れそうな涙を必死に堪えて前を向いた。

あの時の出来事が消えてしまわぬように、指先でそっと唇を撫でる。

忘れたりなんてしない。たとえ、彼が私との日々を忘れていたとしても、私だけは忘れずに覚えていたい。

もしも退院した染谷くんに、突然好きだと告白をしたら驚かれてしまうだろうか。私には記憶があるけれど、なにも覚えていない彼にとってはあまりにも唐突で困惑させてしまうかもしれない。いきなり告げるよりも、まずは仲よくなってからの方がいいだろうか。今度こそ、私はしり込みせずに自分の恋を頑張りたい。外から差し込む眩しい朝日に想いを馳《は》せた。


あれから結局染谷くんは目覚めなかった。先生に聞いても家族から連絡は来ていないらしい。最初の一週間はいつ目覚めるのかと落ちつかなったけれど、もう半月が過ぎようとしている。心にぽっかりと穴が空いたまま日々が無情にも過ぎていく。

霊体が消えたとはいえ本当に体に戻れるのだろうか。彼がこのまま目覚めないという可能性もあるかもしれない。そんなことを考えてしまい、凍りつくような恐怖に身を震わせた。

考え出すと悪い方向にばかり思考が進んでしまう。おとなしく待っているしかできない私が考えたところで意味はない。

気を取り直して、好物のシナモンロールを食べながら、後ろ向きになりそうな自分の心をぐっと抑え込む。

なにか気を紛らわすようなことがあればいいのだけれど、特に行きたい場所もやりたいこともない。食べ終わったお皿を片付けていると、自分の指先に意識が向いた。

リビングにあるアップライトピアノの前に座り、鍵盤に指を置いてみる。吸いつくように指が沈み、ドの音が鳴った。ぎこちなく他の指を動かしながら、頬が緩む。

ピアノから逃げるようにやめたけれど、弾くのは楽しい。また弾きたくなる日が来るとは思わなかった。私のピアノの音が好きだと言ってくれた染谷くんのおかげだ。

「あら？　ピアノ弾いてるなんて久しぶりじゃない」

ピアノをやめて以来、お母さんの前では弾いていなかったため驚かれた。

「ちょっと感覚取り戻したくて」

染谷くんと一緒に過ごす前、今年はもう伴奏をしないと決めていた。でも今は、もしもまだクラスの伴奏者が決まっていないのなら、立候補してみようかと考え始めている。

固定電話が鳴り、お母さんがスリッパの音を忙しく立てながら、受話器を手に取った。自分には関係のないことだと思っていると、言葉を何度か交わしたあとにお母さんが私を見やる。

お母さんが受話器を手のひらで覆って、私の名前を呼ぶ。今は携帯電話でしか友人と連絡を取り合わないため、家に電話をしてくる人など滅多にいないはずだ。

「誰？」

「あんた、なにかしたんじゃないでしょうね」

疑うような眼差しで見られても、心当たりがない。よくわからないまま不安になりながら受話器を耳に当てる。

「……もしもし」

「おー、悪いな。突然」

低い声で気の抜けるような話し方。電話の相手の名前を聞かなくても、誰かすぐにわかった。

「え、豊丘先生⁉　なんで⁉」

休日に豊丘先生から連絡が来たことに慌てふためいていると、電話越しに苦笑される。

「すげぇ、驚きようだな」

「あの、用件って……もしかして」

「実は――」

内容を聞いた私は電話を切ると、転びそうな勢いで階段を駆け上がり、部屋に飛び込んだ。焦る気持ちを落ち着かせながら、支度を始める。

制服で行ってもいいのだろうか。私服だと選ぶのに時間がかかってしまいそうだ。それにこんなときに限って前髪がはねてしまっている。

突然慌ただしく準備を始めた私を訝しげにお母さんは見ていたけれど、一刻も早く家を出ることに必死だった。

＊＊＊

豊丘先生からの連絡は、昨夜染谷くんが目を覚ましたという内容だった。そして、今日面会しに行くから、私も一緒に来ないかという誘い。

病院の近くで落ち合うと、私の髪の乱れ具合を見た豊丘先生は片方の口角を持ち上げて意地悪く笑った。

「よかったな」

私の気持ちを見透かした上でのにやけ顔を睨みつける。けれど、豊丘先生の言っていることは間違いではないので素直に頷いた。

霊体が消えたのに、元の体に戻れなかったという最悪な事態にはならなかったようで安堵する。

「染谷くんが目覚めてくれて本当によかった」

「本人にも言ってやれよ」

その言葉に顔が強張る。私と過ごしていたあの日々のことを、忘れてしまっているだろうか。ほんの少し気持ちが沈んだものの、忘れてしまっていたとしても、また一から始めればいいのだと自分に言い聞かせた。

歩道が赤信号になり、足を止める。アーティストの宣伝広告を纏った大型のトラックからイントロが聞こえてきて、豊丘先生に聞く予定だったことを思い出した。

「ねえ、先生。十二月の合唱祭の伴奏って、うちのクラス誰がやるか決まってる？」

「いや、まだ決まってない」

「じゃあ、私がやってもいい？」

「そういえば、中村は一年のときも弾いてたな」

才能がないという現実を受け止めるのが怖かった。ピアノの先生に言われたことが頭から消えず、ピアノに触れるたびに思い出して苦しくて、好きだったものがだんだん苦手になっていった。

でも才能ばかりに囚《とら》われる必要はもうない。染谷くんの言葉が私に前を向く力をくれて、ピアノをもう一度弾きたいと思わせてくれた。

「他に希望者がいたら話し合いになるだろうけど、いなければ中村に頼んでいいか」

「うん！」

進路や将来の夢だとか、大きなことが決まったわけではない。けれど、ずっと心に残っていた苦い記憶を受け止めて、進む決意ができたのは私の中で大きな一歩だ。


病室に行くと、染谷くんのお母さんがいた。この間会ったときよりも血色がいい。表情も明るくなっているように思えた。会釈すると、どうぞと奥へと促される。

ベッドの上で上半身だけ起こして、窓の外を眺めている染谷くんの姿を見つけた。緊張で吐息がわずかに震えて、手に汗が滲む。

こちらの足音に気づいたのか、染谷くんが振り向いた。少し長めの前髪の隙間からぼんやりとした様子でこちらを見ていたけれど、次第に目を見開いていく。

「え……中村さん？　どうしてここに？」

状況を飲み込めていないのか、染谷くんの声が上擦って聞こえてきた。答えに困っているど、豊丘先生が代わりに説明をしてくれる。

「中村にはクラス代表として来てもらった」

「……そうなんですか。わざわざありがとう」

すぐに視線を逸らされてしまい、彼の様子からやはり彼の記憶は残っていないのだと察してしまう。

けれど染谷くんが自分の体に戻ってきてくれた。それだけで泣きそうになるくらい嬉しいことだ。今度は触れられる距離にいてくれる。まだクラスメイトという間柄でしかないけれど、ここから時間をかけて仲よくなれればいい。

「それで染谷、体調はどうだ？」

「打ちつけたところが少し痛いですけど、大丈夫です」

「そうか」

豊丘先生は安堵した様子で微笑んだ。染谷くんは特に大きな怪我もなく、念のため精密検査をして体調の経過を見たあとに、異常がなければ退院らしい。

豊丘先生と染谷くんのお母さんは、今後のことを少し話してくると言って病室を出ていった。

私は染谷くんとふたりきりになり、改めて声をかける。

「さっき体が少し痛いって言ってたけど、大丈夫？」

「うん、平気。そんな大した痛みじゃないよ」

「そっか」

霊体のときの記憶を失ったため、染谷くんにとって私と話すのはあの春ぶりのはずだ。表情に戸惑いが見える。遠ざかった距離を少しでも埋めるために、話題を考えるけれど盛り上がりそうなものが思い浮かばなかった。

少しの間沈黙が続き、窓の外に視線を移す。そこに見えた青空は、あのラムネ瓶を思い出させる。彼が今絵を描いたらラムネ瓶の中にはなにが入っているのだろう。

「こうして中村さんと話すなんて不思議な感じがする」

「そう、だね」

「同じクラスでもあんまり話したことなかったよね」

霊体になった染谷くんと半月前一緒に過ごしていたのだと話せるわけもなく、上手く言葉を返せない。

大切な記憶を私だけでも覚えていれば大丈夫だと思っていたのに、こんなにもたやすく気持ちが崩れてしまいそうになる。

「そうだ」

渡さなければいけないものの存在を思い出し、鞄から取り出した。オレンジのクロッキー帳と深緑の鉛筆を差し出すと、染谷くんは手に取って目を瞬かせる。

「これ、染谷くんが階段から落ちた日に傍にあったクロッキー帳と鉛筆」

「ずっと預かっていてくれたの？」

「うん。本人にちゃんと返したほうがいいかなって思って」

「ありがとう」

前日に雨により非常階段が少し濡れていたため、クロッキー帳も被害を受けてしまいよれてしまっている。そのことを話すと、染谷くんは「少しくらいよれても大丈夫だよ」と言って笑った。

「それと、これも」

秋祭りで購入したラムネ瓶をひとつ染谷くんに手渡す。

「え、くれるの？」

染谷くんが少し驚いたような声を上げると、じっくりとラムネを観察するように眺める。

「お見舞いの品って感じじゃないけど、よかったらもらってくれる？」

「ありがとう」

染谷くんが忘れてしまった透明な日々を私だけは忘れずに覚えている。すると、染谷くんが待ちきれないといった様子でラムネ瓶を指差す。

「飲んでもいい？」

「でも、冷えてないよ？　生温いと美味しくないんじゃない？」

「いいよ。今、中村さんと一緒に飲みたいなって思ったから。紙コップしかないけど、一緒に飲もうよ」

「あの、実は私の分もあるんだ」

自分の分まで持ってきてしまったのは、お守りみたいなものだった。一緒に過ごした記憶をなくしてしまった染谷くんに会うのだと思うと不安で、自分の心を支えるために鞄に入れていた。

「それなら一緒にラムネ瓶で飲もうよ。ダメかな」

けして強引ではなく、私の顔色をうかがうように聞かれる。思わず「いいよ」と返事をすると、染谷くんは目を輝かせる。

「ラムネ瓶開けるの久しぶりだ！」

こういう時折見せる染谷くんの無邪気なところに私は結構弱い。はしゃいでいる彼を見てしまったら、ラムネの温さなどどうでもよく感じてしまう。

ビニールの部分を捲って、プラスチック製のキャップを取り出す。それをラムネの栓をしているガラス玉に押し当てた。

昔から何度もやっているけれど、ラムネを開けるのは案外難しい。小さい頃はテーブルの上と床をびしょ濡《ぬ》れにしてしまって、お母さんを大慌てさせた。突然吹き出してくることもあるので慎重に力を込めていく。

躊躇っている私とは違い、染谷くんはフェイスタオルを膝の上に敷いて、手で思いっきりキャップを押す。ガラス玉が下へと落ちて、重なり合う涼しげな音を鳴らした。

炭酸は溢れることなく成功したようで、染谷くんが顔を綻ばせてラムネ瓶を眺めている。

「なんかいいね、こういうの。俺、ラムネ瓶好きなんだ」

知ってる。染谷くんが描いた好きなものを詰め込んだ未完成のラムネ瓶の絵だって、見せてもらった。けれどそれを伝えることはできず、私は曖昧に微笑んだ。

「中村さんは開けないの？」

「あ、うん。今開ける」

私も続いてラムネ瓶のガラス玉の部分に黄緑色のキャップを押し当てる。ぐっと手に力を込め、鈍い音がした直後、泡と共に炭酸が溢れ出てきた。

「わ、ごめん！」

床にもぽたぽたと垂れてしまい、スカートも濡れてしまった。手のひらもびしょ濡れになっている。その様子を見ていた染谷くんが「こんなこともあるんだね」と楽しげに笑った。

「このタオル使って」

染谷くんが私にタオルを渡してくれたので手とラムネ瓶の周りを拭いていく。床はティッシュとウェットティッシュをもらって拭いておいた。

「ごめんね、タオル汚しちゃった」

「大丈夫。気にしないで」

お互いに持っているラムネ瓶を軽くぶつけ合う。どちらからともなく「いただきます」と言って、ラムネ瓶に口をつける。生温いけれど、甘い味と炭酸のしゅわしゅわと弾ける感覚が口内に広がっていく。

「……美味しい」

一緒に過ごした記憶がない彼に、いきなりラムネ瓶を渡したら困惑させてしまうのではないかとも思っていた。けれど染谷くんの嬉しそうな顔を見て、持ってきてよかったと胸を撫で下ろす。

陽の光が差し込んだラムネ瓶がキラリと光る。眩しいくらいに澄んだ青。もしも私がラムネ瓶の中に絵を描くとしたら、あの日々の思い出を残しておきたい。

ふたりで見た夕焼けや、夜空に光る花火。私だけが覚えているふたりの時間は色褪せることなく心に残っている。

「さっき中村さんがラムネ瓶をくれたとき、ちょっと驚いた。夢にも同じものがでてきたから」

「夢？」

「不思議な夢を見ていたんだ」

視線を向けると、染谷くんが私のことをじっと見つめていた。そのまっすぐな視線に心臓が跳ねる。

「……どんな夢？」

ある予感が胸に過り、緊張と期待と不安が入り混じって呼吸が浅くなっていく。

「聞いたらきっと呆れるよ」

「聞かせて？」

照れくさそうに染谷くんが俯いた。

まだ面会の終わり時間までは余裕があるので、近くにあったパイプ椅子に座り、彼の声に耳を傾ける。染谷くんは外を眺めながら、思い出すように目を細めた。

「中村さんといた夢なんだ」

窓から透き通るような秋風が吹き抜けて、黄蘗《きはだ》色に染まる葉が乾いた音を立てる。

それは、穏やかな午後のひとときだった。

<初出>

本書は魔法のiらんど大賞2020 小説大賞で《青春小説 特別賞》を受賞した『君と過ごした透明な時間』に加筆・修正したものです。

魔法のiらんど大賞2020
https://maho.jp/special/entry/mahoaward/result/

この物語はフィクションです。実在の人物・団体等とは一切関係ありません。

メディアワークス文庫

君《きみ》と過《す》ごした透明《とうめい》な時間《じかん》

丸井《まるい》とまと

2021年10月25日　初版発行
2024年6月30日　5版発行

発行者　山下直久
発行　株式会社KADOKAWA
〒102-8177　東京都千代田区富士見2-13-3
0570-002-301（ナビダイヤル）
装丁者　渡辺宏一（有限会社ニイナナニイゴオ）
印刷　株式会社KADOKAWA
製本　株式会社KADOKAWA

●お問い合わせ
https://www.kadokawa.co.jp/（「お問い合わせ」へお進みください）
※内容によっては、お答えできない場合があります。
※サポートは日本国内のみとさせていただきます。
※Japanese text only

※定価はカバーに表示してあります。

Printed in Japan
ISBN978-4-04-914062-0 C0193

メディアワークス文庫　https://mwbunko.com/

本書に対するご意見、ご感想をお寄せください。

あて先
〒102-8177　東京都千代田区富士見2-13-3
メディアワークス文庫編集部
「丸井とまと先生」係

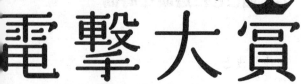